U0542671

爱越界的酒神

现代诗漫谈

黄梵 著

南京大学出版社

目 录

写在前面的话：
我们为什么需要写作？

选择写作本不需要附丽，那是人在重新感知和发现世界，更新自我。如同沃尔科特把目光投向海时，面对幼时在特立达尼岛已熟稔的海，他仍能改变眼光重新看它："海浪之铃""海的磷光"。前者提示海浪含着铃声的唤醒之责，后者提示海也有葬人的墓地之哀。当诗人重新这样谈论海，他实则是让海去附和他的别样内心。常人的内心已被"永恒"的现实，固化得井然有序，海就是海，浪就是浪。常人是让内心附和眼见的现实。用内心更改眼睛，是常人眼里的大逆不道或疯癫之举。当倪瓒用六棵树，画出六位友人的人格，"人格"这一不可见的内心，就能被我们看见。同样"海浪之铃""海的磷光"，让沃尔科特把内心的唤醒和哀思托付给海浪和海，可以被我们看见。这样写作者和读者，就达成了两种更新：写作者借别样的内心，更新眼中的现实，写下作品；读者借作品，更新眼中的现实，来更新内心。

测量这样的"成就",并不靠读者人数,因为写作者也是读者,甚至是最重要的读者。

固然历史会聪明地改正错误,让陶渊明或狄金森这类当时被少读的诗人,身后被隆重阅读。但写作的意义,并不能靠这类"励志"故事长久维持。它与通过发表或获奖,来说服你继续写作的道理是一样的,皆是寻求写作的外部支撑,仿佛发表或获奖成了写作的第一推动力。显然,这是功名心切带给写作的误解。写作首要的是关乎自己的人生,要明白自己的人生无人可替代。过此短暂的,甚至倍感徒劳的人生,无非两种方式:一是敷衍地,交差似的过完它;二是改变徒劳之感,自感充实地过完它。加缪的《西西弗神话》,正是通过肯定第二种方式,来揭示徒劳人生的"意义"。人生的意义不由结局决定,而由过程决定,如何"过"才是意义所在。西西弗每次推巨石上山,快到山顶巨石就滚落,他又得重新推巨石上山,周而复始。如果西西弗只在乎结果,即是否把巨石推上山顶,那么他会觉得推石徒劳、无益。如果西西弗不在乎结果,只在乎推石本身及其过程呢?比如,他把推石视为努力,并开始享受这种没有结果的努力。推石期间,他投向别处的一瞥,他会被风景之美吸引,这样推石上山也成了审美之旅。这一换眼之举，令他发现了过程之美。

巨石推不上山顶，对应人生的结局：死亡。可是令人感到徒劳的死，无法取代人生的丰饶历程。写作何尝不是西西弗推石上山时，目光投向风景的审美之旅？或对推石努力本身的享受？中国宋代的鱼藻画，向来只画生机勃勃的活鱼，而不像荷兰画那样画死鱼，这一做法已包含类似的人生态度：死恰恰令生之历程，变得积极。写作恰恰是要改变你对结果的关注，把你推入享受过程的丰饶感受中。如果写作需要"坚持"才能维系，说明你尚未完成写作的"换眼之责"，未能像沃尔科特们那样，让写作成为你丰饶感受的发现者、创造者，你自然会质疑写作对人生的意义。这样一来，你会将人生结局与人生过程画等号，将写作结果与写作过程画等号，以人生结局的徒劳感，取代人生过程的丰饶有趣，以写作结果的成功与否，取代写作过程的精神充实和审美享受。一旦迷失写作对生之历程的裨益，只把它看作助你登上成功的梯子，你要么就得靠意志"坚持"，要么因"成功"迟迟不来，就会放弃。

由此可见，什么样的写作才是有益的写作，与什么样的人生才是有益的人生，道理是一样的。再说，人的本质并非在娘胎里就规定好了，它来自你在生之历程中走的每一步，这样你成为什么样的人，仍由生之历程中的行动来定义。这样写作者的人生，就有了一个更迷人的朝向：好的写作会让人格更完整、更完善。这是歌德赋予写作的理想，即让假文明的"野蛮人"，成为真文明的"文明人"。这也是古今一些好作家，将写作视为修行之道的缘故，还是中国古人文以修身的理想。修身可以获得巨大的内心定力，单是这一成果，就可以让你无视外部的各种干扰。退一万步，来谈论所谓的"成功"，如果出书获奖是成功，那么拥有精神充实的生之历程，就不是成功？用文字记下自我的历程，就不是成功？写出好作品，就不是成功？谁说好作品都在获奖作品里？谁说好作家都在当下成功的作家里？所以，生之历程的精神需要，于写作者永远是第一需要，世俗"成功"皆为锦上添花。

黄　梵

2024 年初夏写于南京

1. 现代诗的生活入口

当有人呼吁"请读现代诗"时，很多人会自动剥夺自己进入现代诗的权利，会寻借口避开，因为现代诗成了难懂的代名词，不读还可以使自己保住颜面。2011年我开始讲授写诗课之前，也曾认同上述读者的做法，那时作为一个诗人，为了维护写作的纯粹，是不愿意当众谈论作品的。那种思想认为，谈论会丢失现代诗的深刻、神秘，最好像学禅那样，让读者面对作品自己去领悟，悟到多少是多少。本来讲写诗课于我，是写诗之外不得已的选择，没想到却打开了理解现代诗的另一扇大门。

把现代诗供奉在象牙塔里，令普通人无法靠近，只是现代诗初期的一时之选，对于习惯阅读传统诗的人来说，那时新创的现代诗太怪异，形式很扎眼。所以，诗人采取了类似弗洛伊德的策略：众人一旦抗拒新的创举，倒说明此创举是正确的，值得以拒绝众人的方式，将之无干扰、骄傲地坚持下去。辛波斯卡在诺贝尔文学奖演讲辞里，也曾谈到欧洲诗人在现代诗初期的怪异、炫耀行为。只是，这个来自现代诗初期的遗传，已化身为一些当代诗人的玄学之言，或拒斥公众的沉默。面对已不拒绝现代诗的当代公众，面对他们提出的难懂追问，继续沉默或说得玄而又玄，该是多大的骄傲、轻慢、不敬啊！

我很庆幸讲写诗课之前，已有近十年讲伦理课、中西美术史课的历程。讲课中的思考，令我意识到，颇具深度的现代诗，不是只囿于文本的语言现象，不是概念垒成的孤岛，它依然是人类学可以理解的作为。我认为，现代诗与迪萨纳亚克说的早期艺术（含诗歌）一样，依旧是身体的需要，它对现代生活依旧"有用"。我年轻时，是把文本与身体割裂开来的诗人，曾写只追求语言奇观的诗，20世纪90年代末才意识到，身体才是诗歌的根源所在。我开始相信，现代生活中一定"残留"着诗歌的人类学需要，与诗相关的人类学"证据"，一定找得到。进入21世纪，我真有所发现。我发现，人们遭遇悲喜事时的倾诉需要，爱说三道四的唠嗑需要，甚至愤怒时的骂人需要等，与梳妆打扮、服装设计、房屋装修等一样，也是生活中必不可少的审美需要，只是人们并不自知，这些是人对内心感受的"装修"需要。大家都知道诗歌是对情感的"装修",知道梳妆打扮是对容貌的"装修",服装设计是对遮体布料的"装修",却不知道倾诉、唠嗑是对内心感受的"装修"。述说这件事,无非是把心里难以触摸、朦胧不确定的感受,变成有先后次序、可以触摸的确定语言序列,这番把感受变成语言告白的口腔操作,实际上是把感受审美化。迪萨纳亚克认为,审美化的核心是"使其特殊",里德认为,艺术需包含"一定的奇异性"。这样看来,述说就是把不可见的内心感受审美化。述说建立的语言秩序,自然不如写文字更有条理、更复杂深邃,一些不满足述说审美化的人,就会转向写网文、日记、散文、小说,甚至诗歌等。如果还能想到,旅行、跳广场舞、手舞足蹈等,都是对内心感受的审美化,说、行、写、画、舞、唱等,就成了同源的事物,都是对内心感受的审美化。这样就容易看清,生活与诗化、诗歌的联系在哪里。我将之戏称为"黄氏理论",写进了《意象的帝国:诗的写作课》(广西师范大学出版社,2021)。

深藏在无数诗歌文本中的诗化,我归纳表述为:熟悉中的陌生。我认为,这一诗化结构不是空中楼阁,不是只属于文本的语言现象,它实则来自人性的悖论(人有对安全与冒险的双重悖论需求），所以，这一诗化结构也一定遍布生活。布鲁克斯在《精致的瓮》中分析华兹华斯的诗时，对诗中潜藏的悖论感到诧异。他承认，就连最直抒胸臆的浪漫诗人华兹华斯，他的诗"仍旧是以悖论的情境为基础的"。由于布鲁克斯对悖论的视线没有超出文本，他不得不把悖论视为与生活无关的诗歌策略，"我承认诗人会说表达'成圣'的唯一办法只有通过悖论"。其实这一充满悖论的诗化结构，早被人用到了生活中。人对朝九晚五的生活，感到单调乏味时，会通过旅行来给熟悉的生活，注入新鲜的陌生感。这一诗化结构，便是已成为鸡汤的那句话：生活不只有眼前的苟且，还有诗和远方。试想，如果没有"眼前的苟且"，远方还有诗意吗？诗化必须建立在对眼前熟悉的厌恶上。以为草原才有诗意的人，可以问问牧民，大城市是不是对他们最有吸引力？牧民眼中的草原，与城市人眼中的"眼前"，一样都含着过于熟悉带来的苟且，都需要远方带来诗化的浪漫。这样就谈到了诗意的核心，草原、大海、雪山等，并不含有什么诗意，诗意来自人们看它们的眼光。我将之表述成，"诗意不来自世界，而来自诗人的注视"。简单说，某个事物有没有诗意，取决于你能否用新的眼光看它，能否把旧眼睛换成新眼睛。于常人，换一双新眼睛看世界，实在太难，他们就做比较容易的事：眼睛还是旧眼睛，但把旧眼睛看的旧事物，换成新事物。比如，旅行是把近处的旧地，换成远方的新地；梳妆打扮是把眼中的旧人，换成新人；节日是把单调的旧日，换成新奇的新日。这种诗化，因为人人想得到也做得到，并不稀罕，我称之为"集体诗化"，就是被大家归为鸡汤的那类诗化。诗人的诗化，是迎难而上的，他们会逼迫自己换眼睛，用一双崭新的眼睛看旧世界，令原本苟且的旧世界，也像远方的草原、大海一样，变得诗意盎然。我称这种诗化为"独特诗化"。集体诗化也好，独特诗化也好，都遵循"熟悉中的陌生"这一诗化结构。一旦看出集体诗化与独特诗化是同源的，人们就会恍然大悟，原来诗与生活挨得这么近！

当然，如果没有切实可行的方法，换眼睛也会成为空谈，仍是天才之辈的独门绝技。为了让普通人也能换眼睛，我归纳出了错搭的四种方法。简单说，如果把两个不搭界的旧事物，比如，"杯子"和"嘴"，错搭成一个新事物"杯子的嘴"，你再看杯子，眼光就变了，你眼中的杯子不再是原来的杯子，杯口多了嘴的特性。我有句诗，"蝴蝶是秋天不肯落地的落叶"，蝴蝶与落叶本不相干，一旦把它俩错搭，你眼中的蝴蝶就不再只是蝴蝶，它好像还背负着落叶的夙愿，模样也成了最绚烂的落叶。马铃薯兄弟有首诗叫《深夜我听到剑在墙上鸣》，诗题本身就是诗句，"剑"与"鸣"本不相干，可是一旦错搭成"剑在墙上鸣"，读者眼中的剑，就成了可以鸣叫的生命。剑本身没有变，变的是读者看待剑的眼光。可以发现，错搭产生的新事物，是现实中没有的，依赖人的主观想象，因新奇、陌生，就比现实中的事物诗意要浓烈，我称之为主观意象。这样错搭产生的主观意象，把集体诗化与独特诗化合二为一了。一来，旧事物"杯子""蝴蝶""剑"，分别换成了新事物"杯子的嘴""蝴蝶是落叶""剑在墙上鸣"，类似集体诗化；二来，读者依照错搭出的事物，再看杯子、蝴蝶、剑，眼光会大变，这又类似独特诗化。这里面就藏着初学者与诗人，可以各取所需的写诗和读诗方法。对初学者而言，换事物比换眼睛简单，错搭最便捷的地方，就是可以用旧事物组合出新事物。等初学者把错搭练习到能像诗人那样直接换眼睛，他就可以在脑海里，直接把杯子看作嘴，甚至看作眼睛，"杯子，也是一只瞪圆的眼/杯里的茶水，是棕色瞳仁"（黄梵《杯子》）。

拥有了写诗的眼光，再来读诗，原来藏得很深的东西，就一目了然。郑愁予的诗《北峰上》中，有如下几句：

> 归家的路上，野百合站着
>
> 谷间，虹搁着
>
> 风吹动
>
> 一枝枝的野百合便走上软软的虹桥
>
> 便跟着我，闪着她们好看的腰
>
> ——《郑愁予的诗》（江苏凤凰文艺出版社，2016 年版）

前三行描述的，都是现实中的意象，我称之为客观意象。这些意象，我们在生活中常接触，不会觉得有什么新奇，导致诗意很淡，单靠它们很难撑起一首诗。这时诗人就不自知地，召唤来诗意更浓的主观意象（最后两行），该主观意象用的错搭手法，没超出我归纳的四种。将野百合与天上的彩虹错搭，造出现实中没有的新事物：野百合走上虹桥；野百合跟着我，闪着腰。让野百合走上彩虹，与人把北斗七星看作整体，如出一辙。山上的野百合，可能视觉上与山谷里的彩虹相触，实际上相隔很远，但诗人想象两者相连：野百合正走上彩虹搭成的桥。同样的，北斗七星彼此相距遥远，并无关联，是人凭着视觉印象，一厢情愿地把七星臆想成一个整体。诗人臆想出的主观意象，读者在现实中不会接触到，自然就显得新奇、陌生，写进诗中就感觉诗意浓烈。一首诗，能否光用主观意象写成？或光用客观意象写成？我认为，不是谁可以说了算，不是哪个诗学可以说了算，而是人性说了算——人性常比诗人、诗学家更深思熟虑。诗意（熟悉中的陌生），既然来自人性的悖论（或叫人性的辩证法），人性必然会对整首诗的诗意，横加干涉。比如，全部用主观意象写成的诗，因完全拒绝熟悉，令读者接触的全是虚构的陌生事物，这种只纵容人性悖论中冒险一方的做法，必然会激起人性寻求安全的反应，其结果是，读者会对诗作产生畏难、排斥心理。反之，全部用客观意象写成的诗，因完全拒绝陌生，只纵容了人性悖论中的安全一方，必然会激起人性寻求冒险的反应，读者就会嫌弃诗作缺乏新鲜感，单薄、浅显。我很喜欢育邦的《我认出了我的一位父亲》，该诗最后一节，颇能说明诗中的人性法则：

我从火苗中走出来

我认出了我的一位父亲

他提着一桶水

是的，他要浇灭我

——《伐桐》（北岳文艺出版社，2019 年版）

第一行是主观意象，因现实中不可能有这样的场景，此行满足了人性中的冒险需要。第二、三行是客观意象，现实中常见，此两行就兼顾安顿了人性中的安全需要。第四行是主观意象，却并未使人眼花缭乱，可以看作第一行主观意象的生发，因为有"我从火苗中走出来"这件事，才会生发出"要浇灭我"。此节客观意象与主观意象的平衡，与我前面谈的单句诗一样，显现出了"熟悉中的陌生"这一悖论机制。主题上"我"与"父亲"，还构成一个对立隐喻，算是"弑父情结"的余火。"火"里栖息着"我"青春的愤怒、叛逆，与父亲已释怀的中年形成对立，"浇灭我"成了父亲不一定能实现的愿望。这一既亲又隔膜的情感悖论，与主、客观意象的悖论一起成就了这节诗的高明：既简单又复杂，既及物又深邃。

当你读到"当叶片像一句话被春风召回"（胡弦《饮茶经》）、"月亮/成了胃里正在溶解的/滋滋作响的药片"（汉京［汗青］《古河夜游》）、"试着用雪花给你的影子化妆"（沉熵［沈畅］《日历》）等这类新奇的诗句，如果知道它们与下棋、球赛中的悖论机制同源，都是人性悖论需求在当代的显现。如果知道人们出于本能，会给难解的象棋残局留下琢磨的激情，那么你就不用担心，读者也会给包含相同悖论机制的这类现代诗，留下反复琢磨的激情。

2. 美的伦理：技术化的美，可以杀人

1970 年的今天，4 月 20 日，这个被德语诗人策兰自杀撕开的日子，仿佛是一个永远的提醒：现代文明，是一种多么奇怪的文明，里面包含了太多让人，尤其是敏感诗人，无法承受的悖论。因为意识到策兰生命的结束，也预示着新的挑战开始，为了继续挖掘他深藏和带走的秘密，汉语出版界已赶在 2021 年祭日前，出版了数种有益的汉译选本，我手头就有黄灿然译的雅众版《死亡赋格：保罗·策兰诗精选》，王家新译的纯粹版《灰烬的光辉：保罗·策兰诗选》。历史上有众多的诗人之死，但策兰之死的意义，大为不同，他的死已关乎构建现代文明的基石，即美的技术主义，究竟意味着什么？美是否真的可以超越伦理？

德语诗人策兰的故事，起初并没有超出普通犹太人命运的范畴，他们的存在感体现在恪守的文化中，并不像中国人有国家可以忠诚，哪里是他们可以信赖的故

乡，始终是困扰他们的问题。比如，策兰的故乡泽诺维茨，就经历了隶属奥斯曼帝国、罗马尼亚、苏联、德国等的数度易主，每一次的变更，都意味着犹太区要经受新的冲击，毕竟后来的新主并无奥斯曼帝国的气度，可以开明、宽容地对待犹太文化。犹太城数度易主的惨痛，我们可以从另一位犹太作家巴别尔的小说，如《泅渡兹勃鲁契河》中，窥见一斑。策兰故事真正的不寻常，我认为，起于他小时候母亲坚持帮他维护的"母语"：标准德语。这是他一生中最擅长的语言，令他的思维语言，从小就与犹太的文化、语言、方言有所隔膜，这种犹太身份与母语的悖论体验，随着他日后踏上诗坛愈发明显。他曾在《旅伴》中这样写母亲：

> 这个词受你母亲的监护。
>
> 你母亲监护的词共用你的铺位，一块又一块
> 石头。
>
> 你母亲监护的词俯身拾起光的碎屑。
> ——《死亡赋格：保罗·策兰诗精选》（黄灿然
> 译，北京联合出版公司，2021年版）

诗中母亲的形象更像严厉的教师和父亲。这里有一

个策兰少年时的隐情：他当时受到两种文化和语言的争夺，一方是母亲的德语和德国文化，另一方是父亲的希伯来语和犹太教，他十三岁时，内心的天平倾向了母亲一方，他不再对学习希伯来语用功。这意味着他的犹太特性，必须接受德语的乔装打扮，也意味着父亲要通过母亲才能对他说话。这可以解释，为何一方面父亲被他后来的诗歌"遗忘"了，策兰鲜有涉及父亲的诗作，另一方面他又认为，"在犹太人的家庭里，卡夫卡那种怨天尤人的《致他父亲的信》，必须反复书写"（《保罗·策兰传》，李尼译），此外读者还能在他沉迷谈论母亲的诗作中，寻到父亲的蛛丝马迹。比如黄灿然认为，《一切都不同于你想象的》中心人物，是曼德尔施塔姆和母亲，"他也把它拿去，你再次拥有/那属于你的，那曾是他的，//磨坊"（黄灿然译）。我大胆猜测，父亲已与曼德尔施塔姆合二为一，成为他失而复得的犹太精神靠山。这种起于少年而贯穿一生的困扰，还可见于黄灿然译的《从黑暗到黑暗》："……那是渡轮吗？在过海时醒来？/会是谁的光在我脚跟照耀/迎接一个摆渡人出现？"黄灿然认为，"摆渡人"这个隐喻，可以视为策兰把自己作为犹太人的他者身份，运送到当代德语领域里。黄灿然还提到斯坦纳的论断：策兰自己的全部诗歌都是被

"译入"德语的。我想说,这样的"译入"发生在策兰早年,那时他已经需要让犹太生活进入他思维用的德语。他母亲一直严防死堵犹太方言,进入策兰的标准德语,这番努力造成的终生困扰,对用普通话思维的部分中国南方人来说,并不陌生。普通话令他们"忘掉"了故乡的诸多事物,当他们竭力用普通话打捞"失踪"的一切,他们同样面临黄灿然说的"沉默屏障"。只不过,他们是要把经历的个人生活,从普通话的沉默中运出,让它翻越"沉默屏障",开口说话。策兰早年就经历了这一切,只是成年后的惨痛生活,需要他从沉默中运出的,是与大屠杀有关的一切,这任务不只艰巨,精神上也格外熬人。当然,事情远不只这么简单。诗人竭力运出难以言传的苦难时,他高人一筹的技艺,甚至"言不及义",往往会被人误解。单单说说汉语界吧,叠加在《死亡赋格》上的误解,至今没有消散。这首 1947 年发表,渐渐轰动和震撼起来的成名作,其实也是他后期诗作的源头,两者形式迥异,艺术思想却一脉相承。哪怕策兰后来甚至拒绝公开朗诵它,并不意味着,我们可以把它与策兰的后期诗作,比如《密接和应》等割裂看待,甚至用后期诗作的成就,"蔑视"《死亡赋格》的成就和思想源头。

我认为，黄灿然对《死亡赋格》的注释中，有一段诠释策兰的话，可谓一语中的："策兰坚持认为《死亡赋格》并不是一套生动的意象、巧妙的形式设计或富有创造性的文字游戏，不能以'为艺术而艺术'的方式来读，因为它与现实是不可分割的。它是要被感受的，而不是要被赞叹的。"是啊，《死亡赋格》中描绘的数段音乐意象，不只是集中营的现实之一，也含着对纳粹把音乐之美技术化的控诉：

他大喊挖深些你们这伙你们其他的唱歌演奏
他抓起皮带上的手枪挥舞着他眼睛是蓝的
铲深些你们这伙你们其他的继续演奏舞曲
⋯⋯⋯⋯⋯⋯
他大喊把死亡演奏得甜蜜些死亡是一个来自德
　国的大师
他大喊把提琴拉得黑暗些你们就可以化作轻烟
　飘入空中
你们就会有一个云中坟墓那里躺着不拥挤
　　——《死亡赋格：保罗·策兰诗精选》（黄灿然
　　译，北京联合出版公司，2021 年版）

诗歌涉及了纳粹美学的实质，纳粹试图把美像科学那样中性化，剥离美中富含的人性和伦理，像应用毒气等杀人技术那样，把美应用到杀人场景。我认为策兰是用音乐意象，测度了纳粹的超然美学，这样的美学竭力追求整齐干净。一旦把整齐干净用于血统，犹太人就成了纳粹眼中的杂质，非整齐的异类，用于书籍，纳粹就会焚书……如此超然的美学从何而来？实际上，很多人的思考到此就会停下，这是割裂策兰前期和后期诗歌的症结所在。只要回到启蒙运动的理性至上，就能发现这种美学的源头。按照理性主义的设计，人类会有完美的未来。一旦用理性去设计未来，无数人对未来设想的差异，就会消失。理性的本性是趋同，就是被赫拉利在《人类简史》中，夸为文明法宝的共识。共识的审美本性就是消除差异，获得整齐干净之美。这就是现代文明隐藏的理性之病，文明得于理性也病于理性。策兰以自己的苦难经历和使用标准德语的艰难写作，早已窥见了现代性的悖论。这样就可以理解，他为何不满足阿多诺的说法："在奥斯维辛之后，写诗是野蛮的。"阿多诺意识到奥斯维辛是一个标志，标志着现代理性已把美彻底技术化，美可以杀人。当一些中国诗人竭力与"诗言志"的传统脱开干系，他们不知不觉，就进入了阿多诺说的野蛮之境。策兰可以说，是用《死亡赋格》来回应阿多诺，诗展示了屠杀之地，异常理性的党卫军，如何让音乐之美与人性、伦理脱钩。单世联的文章中提到法国人范妮娅的回忆，证实了这样的脱钩遍布集中营。范妮娅曾担任集中营女子乐队的指挥，有一天为党卫军举办露天音乐会，其间有一个妇女冲向电网自杀，她的朋友冲过去想救她，结果两人一起挂在电网上抽搐。党卫军则超然度外，"相互拍着背，笑着"听音乐，演奏结束，"党卫军笑着，站起身，高兴地评论着"音乐，对电网上的惨剧熟视无睹。很多人没有看出《死亡赋格》正是对这种脱钩的讽喻、控诉，甚至有人还抱怨，诗中的音乐等意象，美化了大屠杀。策兰用诗写道，"他黄昏时写信回德国你的金发玛格丽特／你的灰发书拉密""死亡是一个来自德国的大师他眼睛是蓝的"（黄灿然译）。玛格丽特是歌德《浮士德》中被抛弃的女子，代表基督教，书拉密是《圣经·雅歌》中的犹太女子，代表犹太教，"多愁善感"的党卫军给她们写信，他眼里有冷酷到可以杀人的蓝色，代表理性，谁都能感到他们之间的悖论、嫌隙和不协调。诗中党卫军用理性安排的美，杀人时的音乐之美，写信给玛格丽特和书拉密的多愁善感之美，在党卫军身上合二为一，正揭示了现代性的悖论。策兰已经意识到，从中世纪宗教解放出来的理性至上，同样暗藏着野蛮之力，《死亡赋格》对这种理性的讽喻，显而易见，可以说，与阿多诺的洞见是一致的，只是表述不同，策兰的隐语是，可以被书写的诗，再也不能清除伦理。只有靠着伦理的点拨，我们才容易看清策兰后期诗歌的壮举。正是觉察到了理性在标准德语中的妄自尊大，甚至掩饰杀戮的虚伪，策兰才会怀疑标准德语的正常之美，不再满足像《死亡赋格》那样，用德语的正常之美进行讽喻，他要直接摆脱标准德语的标准，通过创造新的语境甚至语法，来清洗"污迹斑斑"的德语，用他渴望获得的纯净语言，传递他身上的犹太特性。比如，按照黄灿然的注释，《密接和应》中草的意象，是提示与犹太人有关的旧约，《法兰克福，九月》中的"'最后一/次心理/学。'//伪/寒鸦/吃早餐//喉塞音/歌唱"（黄灿然译），会让人想到卡夫卡，"最后一次心理学"是卡夫卡用过的句子，"寒鸦"的捷克发音是"卡夫卡"，他用"伪寒鸦"自诩"伪卡夫卡"。策兰后期诗中更大的力量，是渴望用自己创造的纯净语言，对文明灾难全神贯注。比如，他用《一片叶子》反驳布莱希特的《致后代》，布莱希特用诗说："当/一次关于树的谈话也几乎是一种犯罪/因为它暗示对许多恐怖保持沉默？"（黄灿然译），策兰用诗回应道：
"当一次谈话/几乎就是犯罪/因为它包含/如此多说过
的？"（黄灿然译）。德国人通常给中国人留下反省历史
的良好印象，策兰后期诗歌要面对的伦理困扰，正好可
以让我们感受到当时不少德国人——在遗忘和反省之间
的犹疑不定。所以，策兰想摆脱德语，又不得不依赖母
亲给他定制的这一母语，是他后期写作的悖论之旅，艰
难和难以完美，可想而知。单从《死亡赋格：保罗·策
兰诗精选》中就可看出，试图忘掉语言标准的诗作，就
占了诗选的大半。就算黄灿然根据汉语需要，做了容易
让读者理解的翻译"补救"，策兰的后期诗作，仍受到
"难懂"的困扰，《密接和应》首当其冲，可谓难懂之
首。我对比过黄灿然、王家新、孟明的译作，真是各有
千秋。黄灿然着眼于读者能明白，甚至追上策兰的思
路，竭力化开语言的结节；王家新着眼于诗意的创造，
会保留语言的结节；孟明像南京画家那样注重留白，用
留白留住谜，令人在诗句中驻足。黄灿然作为诗人，一
向不蔑视生活，他的译作也追随了这样的诗学，赋予了
这本策兰诗选难懂之中的"可读性"。

　　草，被拆散来写。石头，白，

带着草叶阴影：

别再读了——看！

别再看了——走！

∙∙∙∙∙∙∙∙∙∙∙∙∙

没有看，没有，

谈论

词语。没有一个

醒着，

睡眠

已经来笼罩他们。

——《密接和应》，《死亡赋格：保罗·策兰诗
精选》（黄灿然 译，北京联合出版公司，
2021 年版）

　　策兰想穿越德语的标准之墙，就是为了求得美与伦
理结合的正道，他一人独行，远离一切标准时，译者利
用翻译理解的时机，竭力让读者也追随他的理解，这样
产生的可读性，于策兰的诗作同样是贡献。唤来不同的
理解，本就是经典的意义所在，就像有西人说过的，莎
士比亚一旦置身于德语，就会高于德语中的但丁。策兰
进入汉语，起于王家新和芮虎的译介，接着北岛、黄灿

然、孟明陆续投身其中，黄灿然以中国人容易接受的清晰意象和清晰的陈述，同样让我们感受到了策兰前后期诗歌的悖论之美。这美的镇定和端庄背后，是笼罩在策兰身上的神秘困境，本质上也是现代性的困境，如他在《黑》中所写："命名总有结束的时候，/我把命运投到你身上。""你"指的是"黑"。真是一语成谶啊！他徘徊在代表西方文明的塞纳河边，始终没有找到解决之道，他以纵身一跃的诗人之死，把自己的命运投到了塞纳河的黑暗中，正如他在《当白色袭击我们》中所说：

当皮开肉绽的膝盖

向那奉献仪式的钟声做出这个暗示：

飞呀！——

3. 耳蜗电极产生的诗中戏仿

　　诗人有权彻底把他自己的诗歌封闭。但作为一个与蒲龄恩相识了十几年的朋友，我则有责任清除挡在他诗歌入口的那些障碍。在我近二十年接触的英美诗人中，若论难懂，蒲龄恩的诗可居榜首。但有趣的是，他的诗突然呈现在中国诗人面前时，我们都有一种不再受表达规则束缚的解放感和自由感。就是说他打破了我们惯常产生意象的方式，打破了表达所依赖的某些条规。在我眼里，他甚至把诗歌变成了探索我们意识的灵敏工具。比如，医学在意识领域的应用，只能视作理性的结果。但值得商榷的是，那些产生意识或触发意识的感性，没有得到重视，甚至成了被医学排斥的禁例。在这里我想提醒，哲学在康德那里也曾遭遇过类似的尴尬。康德下了大功夫才发现，光依赖理性十分局限。我想，哲学的意义就在于，已被哲学认清的事，必定会通过科学的碰壁来得到验证。两百多年前由康德发出的这个诅咒，终于在 20 世纪找到了科学的替身。先是物理学中的海森堡测不准原理，帮助我们逃离了过程的清晰。接着洛伦兹的混沌学损害了我们对于公式的信念，他使我们意识到人类理性的预言能力，在自然面前是多么微不足道。一旦我们改变只求助于理性的习惯，我想，诗歌就成了一条聪慧敏锐的道路。一旦意识到，现实的世界可能是由表达的世界所促成的，我们就不会把诗歌看成无病呻吟的玩意儿。诗人的表达荣耀，大致就可以与创造者或发现者的荣耀等量齐观。诗歌里的各种源泉，或迟或早，或多或少，都会转移到凡夫俗子的现实中。一旦懂得诗歌是我们能找到的另一条认识途径，并且有助于阻止理性的自大，我们回过头来谈论蒲龄恩的诗歌，才有理解的前提和可能。

过去我们在诗歌中是通过述此及彼，即主要通过隐喻来达成对彼岸世界的揣摩。传统的隐喻主要借助于诗歌置身其中的文化来实现。比如，与猪在中国文化中的憨傻形象相反，在印度文化中猪则被视为狡诈的象征。所以，围绕在意象周围的文化，构成了传统隐喻的同谋。而特定的文化也使得传统隐喻变得易于理解。比如，知道了鱼与性的联系，我们就能读通《诗经》中的某些篇章。鉴于各国都有赐予意象福分的隐喻文化，隐喻在被推为诗歌功臣的时候，诗歌的自由本性难免也会促使诗人对其隐喻文化不满。因为这种隐喻文化只承认隐喻中的线性联系（意象之间、意象与观念之间等），人们之所以毫不犹豫地接受线性联系，而不问为什么没有更多指向，原因在于线性联系能肯定人们说"是"的理性能力，而不是肯定那种"意识到"的感性能力。一旦某个意象没有了同一指向，人们便在内心里不能调用理性，这自然会让他们手足无措。我想，一个现代诗人的美德大概在于，他不会只做所在国隐喻文化的传播者，他还要创造属于自己的隐喻文化。这种隐喻文化自然不会再遵循传统中的同一律，即在大量诗篇中仙桃都象征长寿的同一律。当我阅读蒲龄恩的诗歌，便分明能感到他要创造自己的隐喻文化的强烈渴望。在他的诗中，我看到了在兰波诗歌中其实就有的那种秘密。当年兰波为了回应或圣化内心的物理幻象（现代医学已证实，人群中的少数人会自发产生此物理幻象），在诗篇《元音》中首创了通感手法。比如，当他把元音"U"与颤抖、牧场、静谧、皱纹等联系起来，他便有了属于自己的隐喻文化。与兰波相同的是，蒲龄恩也意识到物理幻象是诗歌可以汲取力量的地方。物理幻象使隐喻的性质发生了革命性的变化。传统文化所赋予隐喻的那种逻辑不见了，比如，不见了鱼与性、仙桃与长寿之间被视为必然的逻辑联系。当然，蒲龄恩与兰波这个初创者也有很大不同。在《元音》中，兰波为每个元音选择的意象或含义还算清晰，他为每个元音找到的"意象配偶"，不遵循传统的"一夫一妻"，而遵循"一夫多妻"。他为每个元音勾画的"意象妻妾"虽然数量多，但在对应关系上依旧十分清晰。我想，面对兰波的这种"清晰"，蒲龄恩恐怕只能苦笑。表面上蒲龄恩描述了一切，但对应关系需要读者自己去营造。下面，我就具体通过蒲龄恩的诗歌来揭示上述几点。

我想，《伤口回应》（陈尚真译）的标题以及关于耳蜗放置电极的题记①，是揭开这组诗歌意义之谜的一把钥匙。与兰波的物理幻象有所不同，耳蜗电极产生的音调和味觉物理幻象，不是自我生发之物，它含着某种技术实验的意味，原本这类技术实验与诗歌是无缘的。就是说兰波的物理幻象不需要背负技术实验的理性，而与心灵有着自然联系。幻象与心灵的关系不会只简单遵循

---

① 题记："病人的中耳已切开，可以在耳蜗的位置放置一个在盐水里浸过的棉花电极。在此种背景下以这样一种方式，研究了总共20个实施过手术的病人，特别引人注目的是，11位病人听到的纯粹音调，与施加在电极上的正弦电压频率一致。……一个病例报告有味觉感受。"（《触觉、热和疼痛》，1966）

先幻象后心灵的顺序，有时也能找到因心灵期待而导致的幻象。相反，蒲龄恩更像是一个幻象的旁观者，比如医生这个角色，他一律用电极取代了产生幻象的原因，当他用物理学来承担这个幻象的源头，他便可以收集由此激发出的光怪陆离又漫无目的的幻象幻觉。题记中提及电流产生了音调和味觉，便是我们通常在诗歌中涉及的通感。题记作为一种暗示，实际指出了在诗歌中那些意义的方向。既然电流的物理刺激能够产生听觉和味觉，那么诗人就能利用这个物理刺激来产生一个记忆的世界。这时他便对实证的东西感到腻烦，他需要物理刺激在下一时刻就产生记忆。这就是为什么在第四部分"感谢记忆"中，蒲龄恩完全着迷于产生刺激的纯物理过程。当然，这些记忆并非完全会由电极产生，蒲龄恩的高明就在于，他不会受限于现有的实验，他只把电极作为一个出发点，接下来他把揭示意识奥秘的任务就交给了诗歌。他设想这些记忆并非病人自知的，可以受到医生的控制。这些记忆一方面具有心灵所珍藏的美感，另一方面也有类似《荒原》的那种灼伤感。比如，在第一部分"战地救护"中：

记忆中超越了金曲：语调

和甜美混杂进咸涩。

我们被那回声灼伤。它被称为爱情像鹪鹩

　　搜寻，

绯红的冰，基本的麻醉。凭借老谋深算的谎言

　　正是人的堕落。

　　　　——《伤口回应》（《蒲龄恩诗选》，陈尚真 译）

　　这里有两套含义在并行推进。其一，刺激产生声音，声音再唤醒记忆。记忆被唤醒与声音被产生截然不同。记忆被唤醒是与心灵相关，声音被产生只与物理相关。所以，被声音唤醒的记忆不管内容如何，它总是要体现出美感、镇定。因为记忆正如蒲龄恩自己所暗示的那样，具有把黑漂白的功能："输入的信号/组成言语的轻快短歌/如同从远处传来的童声轮唱。/我们在声音中被漂白，一如它凭借我们所/愿望的烧灼；光芒放射/一遍又一遍，穿越明净的天空。"其二，美感中的记忆总是与它的实际现实对应，如果现实真的那么安逸，一定是由于麻木的旧习，没有累赘的现实必定是有了"老谋深算的谎言"。"战地救护"就像由声音引发的一种气息，它既隐约渗透着对战地的零星记忆，也隐约渗透着

记忆与现实的疏离与合谋。从某种程度上说,那个控制着信号的医生,实际也成了病人记忆中的战地总指挥。"我们的信任选择/总参谋部的军帽,指挥棒/引导向氢源(白色的轻度躁狂)——这样他/猛烈地给歇斯底里的伤口注射,以最高浓度的过氧化氢。"

也许诗中虚构的那些医学刺激并不能在现实中实现,但它们成了蒲龄恩诗中戏仿的源泉,即用虚拟刺激产生的虚拟记忆戏仿现实。如果我们承认人只是记忆的动物,那么蒲龄恩就揭示了一个重要思想:既然形形色色的电流、药物可以凭空激发出记忆,那么电流、药物其实戏仿的就是形形色色的人。即人的内涵可以凭空产生,乃至被戏仿。"我们依然不能做,/呼气/让我们咳嗽视网膜上的信号变得模糊。/我们请求按照提供的表格减少,/注射香兰酸二乙基酰胺/我们的移情被/戏仿引发/讨厌的暗示。"比如,在第五部分"颜料存储"中,"房客"扮演着信号的施予者,"他"——一个流浪归来者,被施予阿托品而产生黑色暗礁幻象,"我们"是场景中的旁观者。于是"我们"十分惊讶,通过"注射香兰酸二乙基酰胺/我们的移情被/戏仿"。在这里"戏仿"并不该被视为胡乱刺激产生的东西,相反,它说明我们人类总是被同样的事物所困扰。作为同一事物的两面，虚拟刺激产生的戏仿，可能比现实阐释得更好，它甚至让记忆脱离了单纯的私人经历，从而表达出诗人所希望的那种轻微讥讽的含义。在"颜料存储"中涉及的相同事物，就是"他"的激情，"她"自然是"他"激情的对象，他在虚拟刺激中挣扎的激情，自然变成了"我们"眼中的一场游戏。难怪到了该节结尾："她所做的是/让这隆起的成为模糊前景的模版。/房客与那力量合谋，还得到了安宁。"得到安宁的自然不是"他"，而是"房客"。这里涉及的隐喻实在太有趣了，只是不像《元音》中那么一目了然。读到这里我才意识到，蒲龄恩的同情在"他"一边，他轻微讥讽的恰恰是"房客"得到的安宁。"房客"大致扮演着理性角色，或者是尼采所说的太阳神角色，"他"则扮演着感性角色，或者是尼采所说的酒神角色。"他"自然体现了蒲龄恩所要求的那种奇迹，一种意识癫狂和灭亡的奇迹。虽然信号的控制者也感受着同一过程，但由于感受的方式只能是第十三部分"又在乌云中"所描述的："大脑血流减少和氧气的使用/在缓慢的频率波中被显示出来，/阿尔法波活跃性降低，贝塔波/增长，显示发作的种种可能。"所以幻觉对他来说，是随时可以抹去的东西，并不在他的心灵层面发生作用。他体现着科学的贫乏，以及对心灵的不友善。相反，那个精心布置中的被控者"他"，恰恰体现了心灵的神奇，心灵使"他"超越了现实与虚拟的界限。那个曾叫兰波把幻象圣化的上帝，尽管已被替换成电极、药物（这点恰恰更具有讽喻色彩），但心灵依旧不会把幻象只当成一场电极与药物的游戏。或者反过来说，蒲龄恩终于揭示出游戏是多么接近于真实。

这时，当我们把目光调回到组诗标题以及各个诗节，一眼就能看出"伤口回应"的喻意。"伤口"一词，凝聚着他对待诗中幻象（记忆）的态度和情调，各个诗节涉及的战地、饥荒、情欲、激情、道德、青春、悔恨等，均是伤口造成的独一无二的景观，即伤口的回应。"伤口"一方面指病人的物理伤口，另一方面也象征着我们支离破碎的现实。所以，在对待现实的情调和态度上，蒲龄恩其实继续着《荒原》的事业。灰色是整个组诗呈现的基调。当然，这里面也罩着一层读者看不透的雾，雾产生于蒲龄恩独特的手法和组词法。大概是蒲龄恩对传统组词呈现的确定含义厌倦了，他把词语美学变成了探索前意识和超验世界的灵敏工具。一方面他通过类似绘画的并置手法，使一些旧词获得生命。比如，在"窗帘扣子安详地接受着战斗命令""晶莹的雪在血中""那幻象中的阿托品暗礁""悔恨是句法的病理"中，窗帘扣子、雪、阿托品、悔恨等都处于它们以前不熟悉的位置，如窗帘扣子处于人的位置，雪处于细胞的位置，阿托品处于石头的位置，悔恨处于语法中词的位置。这些新位置对于理解或阐释它们以前的原意，也许很不幸，但对获得更为壮观和开阔的新含义，对获得一个更为新鲜的释意世界，对触发我们用"意识到"这只眼睛去探求超验的世界，却十分有利。蒲龄恩与兰波在《元音》中所作的努力已有所不同，他让我们在句子中看的是什么，已没有兰波那么清晰。这些句子具有等待阐释的多样性，且因人而异，即使去获得也许并非诗人本意的那些含义，也需要读者有极高的感悟力。当然这些句子也有它们可爱的一面，读者越是据此营造它们的含义，它们就越发具有可供阐释的内涵。从这个意义上说，蒲龄恩又继续着庞德在《诗章》中开辟的事业。另一方面，叙述作为二战之后英美诗歌创作的普遍手法，在蒲龄恩的诗中也十分显著。在《伤口回应》中，叙述的强势迫使并置手法处于被零星运用的境地。

　　事实上阿拉伯人能够/很好避税，比如，通过直接/购买一个比利时。

　　他就是镇定本身/是某种德行体制的中心

如今那块在旅馆大厅的垫子/被蚂蚁的爱恋化

成颗粒。他微笑中带着/忧郁的影子就像一箱云母

夹：/他要的饰带有着狂烈/起身，出去，你走/下闪

烁的/河床，道路溅满油/萎靡/恼怒随着阴影上升。

　　天/晚了，情绪被内部/楼梯和翻转的楼梯感

染/它向/墙上的烟开战：/白天在贪婪中失去。噢!

歇歇你的脑袋。

（陈尚真 译）

　　诗人在叙述时无法抗拒的主要冲动，恐怕就是追求
言外之意。上面这些叙述的诗句，其着眼点并不在字面
的清晰含义，而在字面所暗示的那个言不及义的层面。
比如，上面的第一个诗句，似乎暗示了摩尔人与比利时
的历史联系，反过来历史典故又成了对现实构成讽喻的
基础。"购买"一词是形成讽喻的关键。在最后一个诗
句中，"楼梯"暗示着情绪的花样或激流，而在讥讽白
天已在贪婪中失去之后，诗人提示，在接下来的黑暗
中，人所能做的只是歇歇脑袋。这里其实在暗示，人的
聪明是给自己带来黑暗的根源。

　　蒲龄恩对叙述的操作还有属于自己的一个重要气
质，就是他对科学术语寄予了深切的诗意期待。我很惊

讶他能在美感的层面，把这些术语掺进叙述中，成了加强诗意的合理材料。

　　麻醉灌注取得可控制的/惊喜，

　　指挥棒/引导向氦源（白色的轻度躁狂）——
这样他/猛烈地给歇斯底里的伤口注射，以最高浓度的过氧化氢。

　　潮湿的孢子/印迹在艾克曼螺旋斑驳的土地。

　　让我们咳嗽视网膜上的信号变得模糊。/我们请求按照提供的表格减少，/注射香兰酸二乙基酰胺/我们的移情被/戏仿引发

　　与糖浆一起疾驰旋转，/但那灰色的形象/绝对不是这危险/酸性警示的一部分；

　　他的回忆不正确但电荷/依然充斥中枢神经的空间，晶莹的蓝色/点缀着绯红。

（陈尚真 译）

　　把科学术语掺进诗中，通常是要冒着遭人反感的风险。因为与花朵、植物、山水等相比，科学术语很难让人寄予它什么情感或思想的寓意。也许蒲龄恩恰恰利用了科学术语的这个弱点。这些冷冰冰的术语，在诗中取

得了像冰山一样的冷叙述的效果。不管记忆或病人有多兴奋或躁狂，这种叙述使读者始终处于一个很冷静的旁观视角。这种过分的冷峻，反倒会使我们对叙述所抑制的情感、情绪等，产生了某种想亲临，甚至同情它们的感觉。比如，当我们读到这样的句子："他的回忆不正确但电荷/依然充斥中枢神经的空间，晶莹的蓝色/点缀着绯红。"我们大概不会为处于旁观位置而幸灾乐祸，不会把"他"回忆的不正确当成"他"的错，相反我们会被"他"的无辜所触动，萌生对被测试者的同情或说打抱不平。

我以为，有了以上进入蒲龄恩诗歌的若干通道，那原来看似自闭的诗歌之门便可以打开，呈现出里面煞费苦心的结构。就如艾略特在《荒原》中不停地把糟糕的现在与过去对比，蒲龄恩则通过医学实验这个中介（我们也可以把它视为一个有趣的幌子），也把现实与记忆（哪怕是不正确的虚构的记忆）连接起来。与艾略特让过去与现在有所对立不同，蒲龄恩似乎更愿意让现实与记忆合谋，而把他自己抛置另一边，使他能获得在旁观中随时讽喻的有利位置。

如婴儿般幼稚的，/回归包容一切的法典。

（陈尚真 译）

4. 寄居蟹人格推动的诗歌转向

　　1963 年的 8 月 1 日，罗特克兴致勃勃地走向友人的泳池，朝水里纵身一跃。那一刻，他不会猜到，自己扎猛子扎向的是冥界，那正是他一生精神深渊窥探的地方。正如杨子所说，应验了尼采的谶语：凝视深渊过久，深渊终将回报以凝视。布鲁姆认为，罗特克达到巅峰的诗集《迷失的儿子》中，就隐藏着精神分裂的深渊，尤其《火焰的形状》，传递出诗人身上巨大的矛盾，诗中的黄蜂、葡萄、玫瑰等自然之物，则成为矛盾的救赎。布鲁姆因此把罗特克、毕晓普、沃伦归为一类，视他们为美国中间代诗人中的最强者。当然，布鲁姆也惋惜罗特克死得太早，没有机会再写一部作品，比肩《迷失的儿子》。不像沃伦六十岁抵达伟大后，又把伟大维持了二十年。也不像毕晓普，其笔力一生强大，未曾有变。当我读完杨子译的雅众版《光芒深处的光：西奥多·罗特克诗选》，颇为惊诧，原来我与罗特克诗歌缘分的桥梁，是詹姆斯·赖特，我曾着迷赖特诗中的万物人性，没想到其衣钵承自他的导师罗特克。我生于罗特克离世的 1963 年，2023 年，我竟以诗人和所谓诗歌导师的身份，谈论这位伟大的先辈诗人和诗歌导师，其中的神秘，不只符合诗的逻辑，也应和了罗特克诗中那份超自然的神秘。

乍看躁郁症等是命运给予罗特克的神秘深渊，其实这些深渊的来路有迹可循。那首 1975 年由李·海彼作曲，后在美国花腔女高音界广为传唱的《蛇》，向我们揭示了罗特克深渊的形成机制。诗人写蛇："他彻底放弃做蛇。/因为。因为。//他不喜欢他的同类；/他无法找到称心的妻子；/他是有灵魂的蛇；/在自己的洞里他没有欢乐。"（杨子译）于是，这条蛇就想唱歌，用震惊鸟儿的可怕高音唱歌。诗中，诗人把不能超凡脱俗变得卓越，视为惩罚，惩罚就是成为平庸的"同类"。诗人不经意让自己披上蛇的外衣，提供了一份孤僻、离群索居的自况报告。这份孤僻也定义了罗特克与时代的疏离关系，"他所用的意象或比喻隐含多数是个人的体验，缺乏公认性，因而增添了解读的困难"（张子清语）。《树懒》一诗，可以视为这种自况的另一版本。诗人为树懒的慢辩护，认为它大智若愚，心里什么都清楚，只是举止容易让人误解，诗人最后说："你这才明白他

（指树懒）一点儿都不糊涂。"（杨子译）《树懒》透出了罗特克怕被人误解和竭力要摆脱误解的顽强意志。难怪，他专门写信给朋友，"……奥登最亲密的朋友之一泰克拉·比安基尼告诉我，在伊斯基海滩上，威斯坦说起他一度担心我和叶芝太像，现在他放心了，因为我已经超越了他（指叶芝），胜过了他，走在了他前边……"（杨子译）。害怕被人误解像叶芝或艾略特，与害怕成为"同类"，都是他完美、卓越情结的一体两面。这一情结也记录在《舞蹈》一诗中，"我从名叫叶芝的人那儿窃得韵律；/掌握了，又还给他"（杨子译）。这一情结的创造者，其实是他的父亲。罗特克与卡夫卡一样，也有一个严厉苛求的父亲，令他始终难以忘却自己的不足，而要达到父亲的高要求，他必须要有一种意志，使之达到完美、卓越的意志。父亲给予他的心理压力那么大，这一意志能扛得住吗？所以，他一生中的诸多心绪，包括不时的精神崩溃，都是这一意志与心理压力较量的结果。

哪怕他晚期认为，自己未受弗洛伊德的影响，但弗洛伊德的精神分析理论，似乎已预见到他躁郁症的起源。童年和少年笼罩在父亲的威权和苛求之下，一旦压力过大，就会造成成年后的精神疾患。我记得研究人类学的作家何袜皮，曾提出一种寄居蟹人格，用以说明强势者伴侣的人格。强势者的高压、刻意挑剔、少许安抚，会令伴侣产生既怕又依赖的双重心理。我以为，寄居蟹人格也特别适合说明，罗特克面对威权父亲时的人格表现。有诗《我爸爸的华尔兹》（杨子译）为证：

> 你嘴里的威士忌味儿
>
> 能把小男孩熏得发晕；
>
> 可我紧抓住你不松手：
>
> 这样跳华尔兹真别扭。
>
> ·············
>
> 然后硬把我拖到床上而我
>
> 依然揪住你衬衣不肯松手

这首诗揭示了父亲的行动，几乎代替了孩子的行动，孩子所为只是父亲行动的"配件"，哪怕父亲身上充满孩子不喜欢的酒味，令孩子别扭，哪怕父亲拍打孩子脑袋的行为，令孩子不爽，孩子仍主动抓住父亲不放。因为这是长期在威权下形成的心理习惯，虽然服从威权会不爽，但孩子更恐惧不服从带来的若干惩罚，惩罚之一就是无所适从，失去方向。毕竟父亲向他供应着价值观，哪怕是错误的，哪怕这错误甚至令他产生"弑父情结"（他终生追赶和摆脱叶芝，也可看作"弑父情结"的外延），可是父亲的权威会令孩子怀疑自己。父亲让他必须"这样跳华尔兹"，或"硬把我拖到床上"，这些威权产生的效果就是，孩子对父亲更加依赖，抓住父亲不肯撒手。罗特克在《迷失的儿子》一诗中坦承："父母取笑我。/我父亲是畏惧，畏惧老爸。"（杨子译）取笑也是孩子不达标的惩罚之一，罗特克在该诗中写道，"你哭得还不够，不足以赢得赞美，/在这儿你无法找到安慰，/在喋喋不休砰砰响的王国"（杨子译）。照杨子对该诗的注释，罗特克把蒸汽通过管道时的"砰砰响"，视同"爸爸的到来"。所以，"砰砰响的王国"，就是父亲的王国，置身这一王国的孩子，如果靠哭赢得不了赞美，也得不到安慰，那么父亲经营的温室，就是他不经意留给孩子的安慰。压力、挑剔、安慰，这些适合寄居蟹人格的生长条件，父亲已不经意创造出来。与何袜皮说的强势者有所不同，父亲是依据普鲁士教育传统，来给孩子施压和苛求完美的。与之匹配的寄居蟹人格，从此定义了罗特克一生与父亲的关系。无论过去多少年，哪怕父亲死于罗特克的少年，罗特克仍会像小时那样，在精神上"紧紧抓住父亲"，还不时靠记忆返回温室——这萦绕一生的安慰之乡。有诗为证，"最最肆虐的风/将柏木窗框砸得嘎嘎响，/砸碎那么多我们彻夜/守在那儿，用麻袋去堵/破洞的薄薄的窗玻璃"（《狂风》，杨子译），"大风刮得我裤子后边鼓起来，/碎玻璃和干油灰碎片在我脚上噼啪响，/半大菊花怒视天空像是谴责"，"每棵树，每棵树都指向天空，大叫！"（《温室顶上的孩子》，杨子译）。

温室这一安慰，通过罗特克的诗性回忆，获得了新的品性，不再是常人回忆时的简单赞美。他笔下的温室，犹似他幼时投入的"战场"，"敌人"是大风、水、腐臭、灰烬，植物的霉病、枯败，等等，经过他和父亲协同"作战"，有时，他获得的是成为英雄的安慰，"最后这狂风筋疲力尽，只能在/蒸汽排放口下残喘；/而她（指花房）满载玫瑰航行，/直到宁静的早晨降临"（《狂风》，杨子译）；有时，他获得的是胆怯或惊心，"当新芽绽开，/光滑如鱼，/我胆怯了，俯身于这源头，湿漉漉的鞘"（《插枝》，杨子译）。温室不只有端正的形象，罗特克也突出置身其中的幽暗，幽暗之力恰如诗《在一个黑暗的时辰》中所说："在一个黑暗的时辰，眼睛开始看见。"（杨子译）我以为，应该重视温室对于罗特克创作的深远影响，众人谈论的温室安慰，还应该包括温室打开的诗歌之路，那些幽暗真成了罗特克的眼睛，令他趋向泛神思想，看见了万物的人性，使之走上万物有灵之路。我愿摘出罗特克的诗中，最具灵性的若干意象：

> 所有的叶片伸出舌头；
>
> ···········
>
> 鸟儿啊，用温柔的悲鸣送我回家，
>
> 虫子啊，理解我。
>
> ···········
>
> 太阳反对我，
>
> 月亮拒绝我。
>
> ——（《迷失的儿子》，杨子译）

> 你来过了，来将阴影从我身上卸除？
>
> ···········
>
> 风在岩石上把自己磨得锋利
>
> ——（《火焰的形状》，杨子译）

温室成了他诗歌思想的起点，不仅让思想向植物等自然之物投射，也形塑了思想与意象的主次关系。杨子在序中也揭示，罗特克确实在乎哲学，他坦白："尤其是深深地沉浸在柏拉图哲学的传统里；沉浸在斯宾诺莎、康德、布拉德雷和柏格森这样的哲学家身上……我希望用我自己的方式吸收他们。"（杨子译）他也不经意应和了柯勒律治的观点，"一个伟大的诗人同时也应该是一个深刻的哲学家"（杨仁敬译）。只是，温室令他天然知道，构思一首诗时，诗人与哲学家的主次。难怪他认为，诗人是"将他的思想放在手势里""在诗中要把思想当成附加的"（王单单译）。我想，二战前后，庞德、艾略特等人建立的诗人兼评论家传统，和这一传统给诗人带来的崇高声誉，难免会令罗特克也着意哲学，甚至诗的思想特色，却不像后起的诗人兼评论家勃莱，已"进化"到让诗之思跨出了诗的领地，以清晰的风格，让公众明白可以从诗之思中得到什么，因而被广泛引用，声名更甚。罗特克的第一部诗集《屋门大敞》，可以看作向艾略特的致敬之作，确有玄学之风和遭人批评的抽象，如"他的思想被捆住，曲折前行的/动机之舟停泊在礁石旁"（《死亡断片》，杨子译），"头脑里知识太满，/侵犯沉寂的血液；/一颗种子膨胀/善的果实破壳而出"（《起源》，杨子译），但《屋门大敞》中，已含有他后期的清晰风格、迷人意象，如"风一动不动躺在高高的草丛中。/手上的青筋泄露了我们的恐惧"
(《间歇》，杨子译)。我相信，风在草丛的这一意象，一
定也让后来的勃莱无法抗拒，当勃莱写出"整个早晨我
坐在深草里，/……突然我发现还有风/穿过深草而来"
(《反对英国人之诗》，王佐良译)，是否像罗特克致敬艾
略特那样，勃莱也在心中致罗特克？杨子说，勃莱的
那句"我最终理解到诗是一种舞蹈"，似乎就是罗特克
诗歌精神的翻版。罗特克一生的诗歌风格，从前期的玄
思、晦涩，到后期的清澈、明晰，恰好给从艾略特到勃
莱的两代诗人兼评论家，补上了不可或缺的过渡一环，
他和毕晓普、沃伦等自发履行了"中间代"的职责，帮
助美国诗歌完成了战后的转向。从他的一些言论可知，
他已意识到转向的时代意义，"一件可以让文学有很大
提高的事，就是作者更严格地使用明喻和隐喻"，"简单
而深远：这样的东西太少"(王单单译)。聚合起新一代
的那些诗歌转向，部分可以在罗特克后期的作品中，找
到预演或回响。我仅从《遥远的旷野》(杨子译)中，
摘几行诗为证。

我还会回来，

作为一条蛇，一只喧闹的鸟，

或者，运气好，作为一头狮子。

⋯⋯⋯⋯⋯

一个人记忆中完美的宁静，——

由一块孤单的石头放大的涟漪

缠绕整个世界的海水。

　　我以为，十四岁前一直陪伴罗特克的温室，因为神圣，还帮他锁定了某些儿时感觉。人在十四岁之前，会对童谣敏感，童谣创造的节奏和童趣之美，孩子因幻想不羁，造成的意识的蒙太奇，都被温室这一儿时"乐园"收藏起来，成为日后诗歌"革命"的基石。比如读《迷失的儿子》，便能感受到其中的童谣趣味，"钱钱钱/水水水/青草多美妙。/鸟儿飞走了？茎梗仍在摇曳。/蠕虫有影子吗？云朵说了什么？"（杨子译），即使后期的《萨吉诺之歌》，仍弥漫着这一趣味，"在萨吉诺，在萨吉诺，/大风吹得你站不稳，/女子协会管饭，/盘子里都有豆子，/要是吃过了量，/你就等着完蛋"（杨子译）。罗特克在不少小长诗中，还写了类似音乐的"副歌"部分，他将这些诗行的首字后撤两格，以示与"主歌"诗行的首字有区别。副歌似乎就是童年心绪的示范区，罗特克始终把它与童谣之美关联起来，这也是罗特克诗中挥之不去的音乐。我虽然无法追索，这些音乐与哪些童谣或乐曲有关，或就算是罗特克对诗中音乐的再造，它们仍能给人一种提示：这些音乐是引发温室情绪的开关，也配合主歌指望副歌能完成过渡、迟疑、自省、回答等部分。阅读中，我特别体会到杨子译诗的不易。要把音乐性译入截然不同的汉语，且汉语新诗自身的音乐性，尚在探索中。好在副歌常有叠句或体现童趣的节奏，或抒情造成的蒙太奇，令这样的音乐，可以在译诗中感受到。比如《我需要，我需要》中，副歌写道："我愿我是一头蠢牛犊/我愿我是一个大笑话/我愿我有一万顶帽子/我愿我赚到大把票子。"（杨子译）

罗特克因帮助美国自白派诗人发现了自己，加上受他影响的普拉斯，据翻译家得一忘二说，曾写信给罗特克，既为他的影响表示感谢，也为有抄他的嫌疑表示道歉，这定会让读者像关注自白派诗人那样，关注他的自白。但作为汉语读者，我不在乎他的自白，与洛厄尔、普拉斯等人的自白有何勾连，我倒在乎他诗中体现的生活情结。他曾自述，"如果我有一种情结，那就是一种完整的生活情结"（远洋译），"生活在永恒的伟大的惊奇中"（王单单译）。歌德可以说是这一完整生活情结的"始作俑者"，他不太关心时代作为，而是着意个人的精神思考、价值取向，这样生活就成了思考的战场。罗特克可以视作歌德一脉的继承者，就像歌德当年挡住了要他写抗法诗歌的民众要求，罗特克也无视时代的督促，正如罗森塔尔对他的评价，"我们还没有（同他）相似名望的现代美国诗人像他那样地不关心时代……除了再现他勇于说出的受损的心灵"（张子清译）。是的，《迷失的儿子》使读者看到了心灵受损的程度，但他没有止步于此，渐渐以歌的姿态，回应生活的酸甜苦辣。歌就要求，他要有走出混乱的信心，甚至感恩之情，"他们任我跌倒不止两次，/我对这一切心怀感激"（杨子译，《好友们》）。

写完《迷失的儿子》没几年，他就在《你敲门，门就为你大敞》中写道："他给玫瑰浇水。/他拇指缠了一道彩虹。"（杨子译）这里涉及一个生活细节，我如果没去过山西的壶口瀑布，没见过瀑布上方因水雾形成的恒定彩虹，我会把这句诗仅仅视为超现实的想象，但壶口瀑布令我瞥见了诗句的生活来源：晴天浇花时，只要花洒造成的水滴密集，照样可以出现彩虹。视觉上，真如同手指缠着一道彩虹。乍看，这是谁都可以做到的，实则诗人群体中，他们多数生活都是残缺的，少有完整的。完整不只令罗特克的诗丰富多样，也令他有更敏锐、更耐心的观察，据说他一生为写诗做过 277 本笔记。移花接木，他找到了把一切自然之物，直接人性化的方法。张子清说，这是罗特克的首创，不同于梭罗、惠特曼侧重精神与自然的和谐。比如《兰花》一诗，就是把兰花直接拟人化，他如是描述兰花："这么多贪婪婴儿！/柔软的荧光指头，/唇瓣非死非活，/放荡的幽灵般的大嘴/在呼吸。"（杨子译）自 2015 年起，我的诗踏上了物体诗之路，近日读罢杨子的译诗，我沉浸在博尔赫斯说的，找到先驱的欣喜中，不经意找到了物体诗的先驱之一，罗特克。当我读着"野草呜咽，/群蛇流泪，/母兽和欧石南/对我说：去死"（《迷失的儿子》，杨子译），我感到了物体诗一脉诗人的共同心灵：物我合一，万物有灵。两百年前，歌德用抱怨的口气说，"在最近这两个破烂的世纪里"，若我们对此感同身受，不只意味着历经两百年的"现代性"未有进展，还意味着歌德们、罗特克们，倾向把自然神秘与人性对应，恰是时代必然。是从五千年的文明观察人生，还是从亿万年的自然观察人生，我以为取决于——诗人对文明，还是对自然更有信心。时代的跌宕起伏，常会令诗人选择后者，这也是常人理解诗人孤僻的难点。

哪怕还有躁郁症这一重障碍，罗特克的诗歌导师身份可谓救赎，会让他时时回到坚实的经验。诗人和导师的双重身份，之所以弥足珍贵，就在能避免向学生空降诗学理论，让写诗经验与诗学之间有逻辑台阶，这是产生说服力的关键。这样就能理解罗特克的担心，他害怕别人把他归为与狄兰·托马斯一样的狂饮者，导师身份会让他设法超越内心的混乱、黑暗，摆脱二元的思想窠臼，会让他用自己的经验唤醒学生的经验，会让他把内心与庞杂的自然融洽协调，他才会视为安慰。就如他在高峰作品《北美组诗》中的《玫瑰》一诗所写（杨子译）：

> 那些头状花序仿佛向我涌来，向我点头，而我
> 只是一个没有自我的孩子。
> …………
> 有那个人，那些玫瑰相伴，
> 还要天堂？

5. 新诗自我转向中的他者

我们对诗歌性质的认识，主要来自追赶情结的推动。最为明显的是，为了找到现代汉诗的形式，为了避免现代诗在中国语境无法存活，许多人仍不愿借助其他文化资源进行一试。西方在现代诗上的成就令我们羡慕，西方现代诗被选上作为榜样，是为了保证现代诗在汉语中的成功。自主问题在这个阶段，主要表现为汉语对西方主客二分意识的顺从和反弹。当然，在诗艺层面，也存在着水土不服的现象。比如，新诗对抽象事物的体认，始终存在困难。与许多西方现代诗靠了它才成立，截然不同。再好的抽象意念，遇到新诗也必须转换。新诗没有立刻赞许抽象，不用说自有它的原因。这些原因既在诗内也在诗外，我们可以莫测高深地统称为"新诗的自主性"。它总会在诗中拒绝一些东西。当然，它的拒绝很有弹性，选中什么，不选中什么，主要表现为写作中的难度。比如，我与西川曾讨论过一个问题：他和我都感觉一些当代生活词汇很难融入诗歌。相反，当代小说对这些词汇追随不舍，且没有感到突兀和不适。西川说，他为了把一个生活用具放进一首诗，结果被迫改动了整首诗的语境。类似的经验也延绵在我的写诗生涯中。一个诗人被一个词弄得骑虎难下，大致可以证明的确存在新诗的自主性问题。

新诗主体意识的发展，有它自身的需要。不能简单站在西方视角，把它视为守旧或落伍。应该说主体意识不是权宜之计，不单为了解决技术难题，它关系到现代意识能不能在汉语中扎根。没有主体意识的充分发展，新诗只会是裹着小脚的"假现代诗"。新诗的自主意识相对出现得较晚，今天再次出场当然有它的新意，它选择在主体意识即将胜利的时刻出场，提出对主体的异议，这样就不会过早破坏现代意识的土壤。自主意识有利于我们低下头来，看到主体意识的局限，意识到单纯强调主体，其实透着某种笨拙。因为我们的社会景观已经相当复杂，国学等很容易找到间隙，来与新诗作战。在我看来，自主意识和主体意识同样都暗示新诗的本质，我们需要了解它们对于新诗的共同作用和价值。大体来说，主体意识最稳定的时期，是民国时期和 80 年代的新诗。一旦要阐述当下，便会发现当下主体意识的含混不明，因为当下的主体意识里都含着他者意识。他者与主体有隐秘的私通，大概是当下意识的特征。自主意识作为他者之一，自然会在主体意识中脱羁而出。当然，自主意识并不总是表现为对主体意识的怀疑。

诗歌除了被外力推动，它也会自动带给诗人一些限制。有时写作的热望，会被诗歌的内力打退。不是说诗歌不需要时代帮助，而是说诗里虎虎有生气的东西，不会好好接受时代的安排，它总要把它的谬见伸向未来。当诗人直接抒写自己的感觉时，诗歌自主的力量便首先会威逼语言，进而威逼形象、节奏，甚至情调等。缺乏对自主力量的认识，便会忽略隐藏在新诗里的诸多呼声。比如，多年前我就意识到，新诗里其实有两条并行不悖的路线：一条，是与西方对接的追赶路线。它致力把汉诗从古代拽出来，赋予它现代的洞察力。另一条，新诗与西方现代诗有所不同，它没有现成的白话传统形式供它对立和反抗，相反，它还需要在紊乱的散文中，通过创建形式来加深形式感。就是说，它还必须忍受塑形的痛苦，与西方现代诗单纯追求对抗和开放，还有所不同。当这两种要求同时作用于新诗，我们就不能把任何一条路线圣化。把塑形的要求纳入现代汉诗，大概是新诗历史过短带来的必然宿命。这两条路线不是一对死敌，每一条都包含着一种觉察力，它们之间的恰当平衡，也许比用一条来打击另一条要更加深刻。把新诗交给两条路线的博弈，会更有希望，有助于把东、西方历史和感受力融合在一起。

新诗正在形成它自身的现代诗经验。比如，它已经开始有智力来对付现代生活的混沌，它揭示出来的意义，已不能简单归于西方资源。读一读优秀诗人的作品，就能知道他们已经在分享现代汉语的成就，在塑形和寻求开放两个方面，他们都觉察到了来自新诗的限制和推动，比如汉语的长句陷阱，对形象的偏好，节奏与情绪的关系，民族直觉天性对意象密度的潜在要求，等等。在理论上研究它们，对诗人未必有破晓之助，但对培育研究者的敏感，了解新诗隐在的规则，深入探究那些能唤起感受魔力的诗句，确认新诗的直觉性质，甚至对诗人自己可以遵循什么，去构建诗的结构等，也大有助益。

自主问题存在于新诗中，因此中国诗人面对的挑战要多于西方诗人。比如英国诗人拉金写诗时，由于现成的格律帮他接管了形式，他只需考虑现代意识在格律中的退缩与舒张。但我们写诗时，形式的意识会潜入内容。在津津乐道的陈述里，其实时时有形式的提醒声。我能想到的自主意识，有以下几个来源：一是新诗历史赋予的塑形要求。从胡适写第一首新诗开始,新诗就启动了塑形的历史。塑形的命运,存在于所有体裁的草创期。比如有些形式出现时,时人欢呼雀跃,但转瞬即逝,因为一些感觉的入口,并不能长久地成为诗歌的入口。二是民族性对新诗灵魂的塑造。民族性其实决定我们如何去探索心灵。首先民族性会塑造我们的人格,或者说首先将我们变成了什么,然后我们才能怀着这样一颗心,当然是被民族性"异化"的心,去反省和探究自身。说白了,"自我"里面永远会包含民族性的"他者"。当然,民族性也会影响诗艺。说到底,诗艺也来自人的意识。民族意识自然会作用于诗艺。比如,发达感性对形象的依赖,汉语短节奏易于产生铿锵,直觉赋予短诗的优势,等等。此外,中国古代诗人的家国意识,也会使新诗诗人继续容纳社会关怀,并经现代意识的改造,成为另一种遗存:到处可见诗歌政治的存在。我使用"诗歌政治"是来描述这样的事实:几乎每个诗歌群落都固守自己的绝对论,都是为了破除别人的绝对论,都致力于用自己的绝对论打败别人的绝对论。这种遗存当然会阻碍现代意识的生长。三是当代西方经验向中国的输入,带来了把大众组织起来的力量。那些在诗歌节之间旅行的诗人,他们在供给诗歌一个想法:任何人不会事先就有诗歌能力，恰恰靠了诗歌的传播，才影响了离群索居的内心。就连诗歌"革命"之事也有效仿的榜样。最近，诗坛复活了对公众的热情，客观说，公众趣味并非总是邋遢之物，相反，他们悄悄完成了启蒙探险，他们开始尝试的新事物，恰恰是已纠缠诗歌多年的主体意识。这股力量已经给年轻诗人造成了另一种麻烦，非主体的意识已经被忽略，或在强烈需求中已经变异。当然，它的好处是，公众与诗人将会神速地合拍起来。经典诗人作品的热销，即一个明证。

谈论诗歌其实非常困难，尤其离开文本的谈论，总会生发文本不涉及的问题。一个诗人一下把诗写完，他会说，这里面全是诗歌的自主意识。诗人对自主意识的体味总是很具体。大致来说，表现为对他的推动和限制。他会诧异内心里有一种声音，成了他写诗时的向导。一个音总是萌发出另一个音，一个词总是牵动了另一个词。当然，所有限制他的语言经验也很明显，诗人不会诧异怎么会冒出来，他已经有了塑形的习惯，他意识的所到之处，都会受到语言的限制或推动。意识不是要穿过语言的平原，而是要穿过语言的莽丛。语言的要求里包含着语言之外的世界。比如，民族的、社会的、阅读的、记忆的、日常的、历史的、哲学的等等，甚至他者里面还有他者……大概也只有批评家拥有把它们全弄清的雄心，这也是我敬佩批评家的地方，那是靠了通灵或神赐才能做到的事。我从来只以一个诗人自诩，尽管我的批评言论常得到一些人的好评，但我认为那只是直觉提供的一些果子，我只是成百次地把它们摘下来而已。就个人而言，我不在乎自相矛盾。但我仍以敬佩之心看待理论家们的努力，因为以一个诗人的经验知道，诗总体来说是丰沛而奇妙的，里面总有无法解释的东西。理论上谈论自主性、主体性或评价标准，是试图用一串首尾相接的逻辑代替直觉，以此来理解诗歌。这与诗一瞬间撞击我们的胸臆，激起我们的共鸣，截然相反。也许结论大概是，通过这样的谈论，我们真能赋予诗歌一种思潮，真能说出好诗之好、坏诗之坏，或者相反，坏诗之好、好诗之坏。最为主要的，可能会对年轻诗人施加某些影响，通过"审美正确"的文字，影响未来诗歌的自主意识，即前面说的诗歌"自我"中的"他者"……

6. 磨镜片的斯宾诺莎与物道诗

　　大概从小体弱多病，父母远在西北，我比同学就多了份隐藏的多愁善感，会比他们更认真地看待长江——我放学后常去江边，与隔岸的西山对望，会想到未来到底在哪里？这一问题本身，含着对小镇生活的失望。有一阵子，失望令我把头仰向星空，做起了当天文学家的梦。这个梦令我关注的事物多起来，小到伽利略为做望远镜自己磨镜片，我是否也该找块镜坯磨起来？小镇没有镜坯，只有眼镜片，我就带着形状各异的眼镜片上学，一度被老师以为是毁坏公物所得。望远镜没有做成，却令我爱上了磨眼镜片的斯宾诺莎。"哲学家磨镜片"成了我脑海中，有无限魅力的"诗情画意"。这里就不多言，父亲的哲学藏书如何落到我手上。镜片和思考，从此成了我一生的底色。若要为一生找一个意象来概括，肯定与镜片有关——望远镜、显微镜。我先从事理工科教职，四年不到就弃职写诗，再后来就是现在的样子：边教文科，边写诗。不论我做什么，都欣慰与镜片的缘分没有尽，教书、写作与镜片一样，都是为了让人看得更远、更清，摆脱近视、肤浅、偏狭。曾有十年，写诗对我只是炫技、修辞、诗学之事，那时以为虚有其表的花样修辞，含着人生的全部经验、洞察、智慧、人性。直到有一天，体内沉睡的中年突然苏醒。

中年令我辨出了诗意的源头：人性。它在语言中藏得很深，不了解的人，自然会把语言当作全部，将语言置于或推到荒唐之境，并谓之先锋。我把这些充满语言乐趣的努力，都看作重要的语言研究和试验，承认语言可以虚构出体悟和经验，但一读便知，多数与人性支撑的体悟和经验不符，有违人性的深层逻辑，骗不了有阅历的人。我开始避免让自己的诗，沦为语言的自说自话，开始让诗成为探索人性的先锋，而不只是表达的先锋，意识到"修辞立诚"的当代意义，在于找回迷失在语言中的人性，除非有一天，诗的读者是石头、木头，不再是人。洞察，对语言任务的重新理解，令我为中年找到了合适的调子，当然做到心手合一，仍花费了好些年。直到2004年的一天，我被自己的写作惊住，不到半小时，就写完了《中年》。写的时候，真可以用"嗅"来概括，我写上一句时，已嗅出下一句的意象模样。

青春是被仇恨啃过的，布满牙印的骨头

是向荒唐退去的，一团热烈的蒸汽

现在，我的面容多么和善

走过的城市，也可以在心里统统夷平了

从遥远的海港，到近处的钟山

日子都是一样陈旧

我拥抱的幸福，也陈旧得像一位烈妇

我一直被她揪着走……

更多青春的种子也变得多余了

即便有一条大河在我的身体里

它也一声不响。年轻时喜欢说月亮是一把镰刀

但现在，它是好脾气的宝石

面对任何人的询问，它只闪闪发光……

　　借着这首诗的冲力，我一口气写了十九首，统统纳入组诗《致中年》。大概感到这首诗有给中年点穴的作用，就将它置于组诗之首。本来可以交给当时《人民文学》的李敬泽，他是老熟人，也是我数篇小说的责编，但我鬼使神差，想找个陌生编辑来挑战、验证，是否不

靠熟人情谊，它照样能触动编辑？我给不认识的韩作荣打去电话，他当时负责编辑《人民文学》的诗歌，我自报家门，说写了组诗，不确定自己的好感觉，是否也会被编辑认同，打算寄给他定夺。韩作荣的豪爽令我惊异，他立刻约定：如果组诗对他同样有吸引力，他马上编入第二期。诗稿寄出不到一周，就接到韩作荣的电话，他说：我虽然是你们眼中的老诗人，但《中年》等诗的好、妙、准，我是心领神会的。没有过渡，他立刻谈起一个观察，说他读新世纪的新诗，发现好诗比比皆是，整体好过80年代的，他强调一些80年代的好诗，要是拿来跟新世纪的好诗比，就算不上好诗了。不久，我读到他为一本诗年选写的后记，文中再次谈到这个心得。对我而言，韩作荣代表老一辈诗人的光芒所在，他的虚怀若谷，令我反省过去对"老诗人"的偏见。正是"老诗人"的认同，令我感慨人性不在乎阶层、群分，真正把人隔开，叫人疏远的是偏见，以及装腔作势的修辞。

《中年》渐渐从一同发表的十九首诗中，凸显、流传开来，成为很多人眼中我的所谓代表作。这首诗可以视为十年中年生活的总结，长期对意象的实践和研究，也推动我如何在中年人性中找到意象的落脚点，克服年轻时无法理解的晦涩，认识的变动不居，情绪的极端等。中年心境发现的，不只是波澜不惊，有太极力道的人性气象，还放大了中国古诗的审美经验。比如日常生活的不凡意象与准确传递体悟的清晰意象，都令我明白，可以为新诗所用。如果新诗的形式就是诗意，那意象就获得了故事在小说中的那种力量，成为诗意最丰饶的万花筒，光是写出不凡意象和准确意象，就会造就完全不一样的诗歌景观。我正好有一首诗，可以用来与追求准确意象的《中年》对比。《词汇表》的意象动机，是追求不凡、多义，这首写于《中年》之前的诗（2003），还残留着青春期的表达癖好：恨不能直截了当地写出哲学沉思。

云，有关于这个世界的所有说法

城，囤积着这个世界的所有麻烦

爱情，体现出月亮的所有性情

警察，带走了某个月份的阴沉表情

道德，中年时不堪回首的公理，从它可以推导

  出妻子、劳役和笑容

诗歌，诗人一生都在修缮的一座公墓

灰尘，只要不停搅动，没准就会有好运

孤独，所有声音听上去都像一只受伤的鸟鸣

自由，劳役之后你无所适从的空虚

门，打开了还有什么可保险的？

满足，当没有什么属于你，就不会为得失受
　　苦了

刀子，人与人对话最简洁的方式

发现，不过说出古人心中的难言之隐

方言，从诗人脑海里飘过的一些不生育的云

　　我前面提到过斯宾诺莎，当年我对他的认识，从磨镜片转向哲学时，曾被他的泛神论思想一下击中。我怀疑，我当下拥有的物道思想，即万物平等的思想，与斯宾诺莎仍有千丝万缕的联系。如果世间万物都有神性，非要给万物划出等级，就是可笑之举。当然，物道思想也不能说与佛无关，佛之理想仍是世间万物的平等、通达，可是修行者们，仍会为自己和他人划出生动的修行等级。中年的思考更深入时，如何让诗用形象将之传达出来，仍是诗人最重要的职责。《词汇表》面对思想的庞然大物，并未做到像《中年》一样，完全合乎我的理想：生动的意象能自如驾驭思想。《词汇表》是我当时只能接受的过渡性诗作，部分意象与思想尚未完全合二为一。说来也不奇怪，一旦译成英文，《词汇表》就凸显于我的其他诗之上，犹似汉语中的《中年》，之于我的其他诗。西人对于《词汇表》的激赏，与我的想象一致，毕竟他们使用的分析性母语，令其对直接议论、哲学式表达，有苦行僧一般的耐受力。我当然不会为了得到英语的激赏，去重用《词汇表》中的哲学式表达。但作为早年的哲学癖好，它始终以残留的方式，不时会从少量诗作中冒出来。我从 2011 年写的《繁体与简体》中摘出一节，可见一斑：

> 繁体适合返乡，简体更适合遗忘
>
> 繁体葬着我们的祖先，简体已被酒宴埋葬
>
> 繁体像江山，连细小的灰尘也要收集
>
> 简体像书包，不愿收留课本以外的东西
>
> 繁体扇动着无数的翅膀，但不发出一点噪声
>
> 简体却像脱缰之马，只顾驰骋在滥发文件的
> 平原
>
> 当繁体搀扶着所有走得慢的名词和形容词
>
> 简体只顾建造动词专用的高铁

《中年》之后，我实际的表达兴趣，集中在如何把

琐碎的日常，点石成金，扭转成准确又不凡的意象，来传达人生的深切体悟。这时，我喜欢的某些古诗起了作用，它们赐予我重要的提示：明晰的意象。这等于令我选择意象时，多了一重限制。归纳起来，我给自己写诗的意象，共设置了三重限制：准确，明晰，不凡。以前以为不凡与准确，是势不两立的，直到我重新理解了什么是诗意。以前以为诗意生来居于意象之中，现在才意识到，诗人最勇敢的工作，不是简单寻找或营造诗意含量高的意象（如同常人寻求诗情画意，只会想到草原、大海等）；是把诗意注入大家弃而不用的意象（包括日常意象），因为诗意的产生，并不依赖你选定的意象（哪怕这个意象是常人不认为有诗意的苍蝇等），只依赖你如何理解、看待、深耕意象。这样我才理解了歌德的一句话，"在限制中才显示出能手，只有规律能给我们自由"（冯至译）。我年轻时曾厌恶这句话，认为这是给保守披上自由的外衣。上述三重限制，会回赠给我怎样的诗作呢？2015年我驻留美国期间写的《老婆》，可视为竭力回避晦涩、随意，追求准确、明晰、不凡的体现。

我可以谈论别人，却无法谈论老婆

她的优点和缺点，就如同我的左眼和右眼——

我闭上哪一只，都无法看清世界

她的青春，已从脸上撤入我的梦中
她高跟鞋的叩响，已停在她骨折的石膏里
她依旧有一副玉嗓子
但时常盘旋成，孩子作业上空的雷霆

我们的烦恼，时常也像情爱一样绵长
你见过，树上两片靠不拢的叶子
彼此摇头致意吗？只要一方出门
那两片叶子就是我们

有时，她也动用恨
就像在厨房里动用盐——
一撮盐，能让清汤寡水变成美味
食物被盐腌过，才能放得更长久

我可以谈论别人，却无法谈论老婆
就像牙齿无法谈论舌头
一不小心，舌头就被牙齿的恨弄伤
但舌头的恨，像爱一样，永远温柔

2017 年我赴新疆伊宁讲写作课期间，有个农垦师的师长应邀赴宴，他一落座就宣布，开车来的路上听到一首叫《老婆》的诗，听得他激动不已，他当然更没料到，作者就坐在他身边……如果返回青年时代，我会对这样的流传故事，不屑一顾，那时的我，以晦涩难懂自持、为荣。但现在，我意识到，诗远不是个人的自娱游戏，它与环境、他人有着永恒的联系。我的《新诗 50 条》中有一观点，有幸得到席慕蓉的激赏，"正是诗歌的历史，让个人变成集体"。比如，光是对照古诗在读书人中的通达这一项，新诗的可为之处就比比皆是。我不敢说物道思想会在未来成为普遍的价值观，但对我个人而言，我不会再走入人道思想的盲区：人成为至尊，轻视人之外的万物。物道的想法，引导我 2015 年写出一首颇受争议的《苍蝇》，这里只摘出最后一节，"它"指被苍蝇拍追赶的苍蝇：

也许，它是苍蝇界的乖孩子

渴望父亲和它嬉戏

这飞来飞去的苍蝇拍，多像它酷爱的飞碟啊

只一瞬，就把它揽入黑暗的怀抱

我听到的反对意见，是认为苍蝇低贱，不值得去写，或认为苍蝇代表赶不走的无赖，写无赖等于为恶翻案。我一点也不感到惊讶，说明他们要么期待在人间继续维持等级，要么把等级从人间移到非人间，就心安理得了，并不在乎人对其他万物的压榨，也一定不理解人道与民主在非人间的冲突。我把物道继续推向无生命的事物，开始用诗讴歌碗、筷、汤勺、小路、茶叶、野菜等。这里只摘出《筷子》中的一节：

> 现在，它是我餐桌上的伶人
> 绷直修长的腿，踮起脚尖跳芭蕾——
> 只有盘子不会记错它的舞步
> 只有人，才用食物解释它的艺术

有人说，这是古已有之的咏物诗。真的可以这么简单归类吗？古代咏物诗曾跨出儒家的人文思想？我用筷子们、汤勺们谈的，早已不是人文，不是托物寄志或咏怀，是数落人的不是，是规劝人放下至尊，平等对待万物，是用物道思想重新看待世界，反省自己。如果摆脱不掉旧称，至少也该加上"新"字，不妨谓之新咏物诗。

7 意味才是诗歌要达到的领地

　　阅读诗歌时，其实有一个隐含的期待在跟随着我们。就是说，如果诗歌只是被废话填满，那么我们的期待就如西班牙斗牛士的绛红色斗篷，会迁怒于那只懒得冲向我们的文本懒牛。一般来说，稍稍令人惊讶的诗句都会令期待有所斩获。问题在于，期待的性质因人而异，即使是接受相同阅读训练的人，他们的期待所能达到的高度也各不相同。对每一首诗而言，期待其实都是一次检验的尝试。虽然期待里的规则也许含混不清，但期待确实能节省一个人的时间，使他不致在不知价值的困惑中瞎折腾。如果只求与已理解的熟稔事物取得平等，则不会产生期待。因为那种平等相处的要求，只会把期待扔出我们的脑袋。期待就如卡夫卡笔下的甲虫，早晨醒来对于直立的愿望。期待之所以常常令人咋舌，或给人慰藉，自然在于熟稔事物与期待事物的对比。至于人类为什么对与己相似的熟稔事物兴致寥寥，已有人类学家给予了回答：人类有夸饰的本能。据说悖于常规性的特征，十分利于早期人类的生存。我想，我们不用沮丧于诗歌期待的起源，是对人类繁殖的不倦祈祷。与熟稔事物的所谓对比，就是从熟稔事物里呼唤出一些有"差错"的事物。差错也许拯救不了我们的日常生活，但确实能拯救诗歌。

正是差错应和着我们的期待，所以，我们有必要了解在诗歌当中，差错的尺度究竟应该多大？如果把晦涩费解作为差错所能抵达的上限，那么几乎不受诗意青睐的大白话，就可以看作要几乎废弃差错的下限。这样诗意在诗歌里的命运，就取决于差错与读者期待的谋合程度。显然，当读者期待的步伐过大，以致差错过于微弱，那么所谓的诗意就不会产生。因为期待在作为检验原则时，包含着理解力对过分浅显事物的谴责。所以，差错要想受到理解力的青睐，它必须"进步"到能跟上或接近期待。问题在于，我们是否有受共同法则支配的诗歌期待呢？我想，既然造成期待实现或不实现的尺度是理解，那么我们对诗意的追求也一定得围绕着理解打转转。在我看来，人是寻求相互理解的动物，这个特性也会再现于人对待文本的基本态度。人们既害怕需要过多理解的艰涩文本（因为对事物的不理解，会激起人内心最大的不安全感。这与人类早期倾向于越熟悉的环境越安全有关），也会轻视不能把理解全部吸收的浅显文本。加上人有夸饰的倾向，那么真正能供人获得阅读快感的文本，大致就可以确定在：全部吸收理解的文本（下限）和晦涩费解的文本（上限）之间。我们在理论上也许能得到某个好文本的承诺，说服我们存在着理解力和文本恰好匹配的巧合，但真正的诗意繁荣，则很难依靠这点笨手笨脚的巧合。事实上，理解力和文本之间的差距总是存在的。按照前面的推断，当文本所需要的阐释理解力高于实际的理解力时，这样的文本所呈现的事物，便是前面涉及的有"差错"的事物。差错究竟多大，才能完成使文本或诗句产生诗意的任务呢？我愿意避开已有的概念，来重新探讨究竟是什么在贡献诗意。

对已经熬到今天的诗歌来说，诗歌一进入批评家的脑袋，便被他们的精神奉为神圣的，即所谓的意义。仿佛通晓了隐藏在诗歌中的意义，我们就能把读诗时的那种摇曳不定的感觉，纳入赞美或贬斥它的确定使命中。古人为征服这种感觉的不确定所做的努力之一，就是提出了"诗言志"。这里的"志"不仅考虑了诗所蕴含的意义，还规定了意义的方向。我想诗歌的珍贵大概就在于，它比我们如此懈怠的简化要复杂。一个读者可以全然不知诗中的技巧和意义，却比批评家更有资格去体味诗给予他的感动或触动。就是说意义很大程度上来自批评家的一厢情愿，它并非在读者头脑中大显身手的东西。如果我们希望为诗意找到一种更有前途的说法，我认为必须求助于读者那珍贵的感受力，而不是求助于批评家喜欢沿袭的批评概念。在读者那里，诗意是一种感性存在，不管读者对于诗中某个意象的态度如何，不管是恨或爱或怕，它都会在读者内心产生活生生的感受。为了免于读者对文本或诗中的某个意象产生失望，我认为文本或意象本身要具有一定的欺骗性，就是说一个读者的全部理解力，尚不足以穷尽文本或意象的全部神韵，文本或意象必须像水流中的轻微湍流，以其某种不确定性来骗过读者的理解力，同时又不致使读者不能悉心体会文本或意象的绝大部分奥秘。这种在含义上的轻微不确定性，就是我想谈论的"意味"。意味就是叠加在意义上的轻微差错。"轻微"的意思是，它不会导致意义的改变。这样意味就不等于懂或不懂，它就像一种气息或气味，不屑于去划分懂或不懂的界限。它是在明晰意义基础上的一种眩晕，它不会像晦涩难懂那样，不致在读者心里产生一种不可遏止的不安全感，同时它又迎合了人类所具有的夸饰本能。一旦我们前述的差错，开始具有某种轻微的不确定性，我们就可以说这种差错具有了某种意味，而意味可以激发读者的想象和思索。意味的感觉会妨碍读者以万般确定的口气去谈论文本或意象，同时又保证了文本或意象可以收到被基本理解的效果。意味是掺和着多种意见和感觉走向的含混，而不是止于晦涩难懂的失语。就降临到读者理解力上的难度而言，它们的顺序分别是：明白如水—意味—晦涩难懂。

仔细考察一下意味，就会发现，如果明白如水对理解力来说太过普通的话，那么意味实际上是把"明白如水"交给了即将来临的下一个时刻。也就是说，读者读诗时，是处在即将全部理解的时刻（当然下一个全部理解的时刻只差一步，但永远不会到来），即将把诗人个人的东西，变成读者自己的东西。所以，从意味的角度说，完美并非理解的毫无差错，而是它能够赋予读者的理解以某种个性。这是诗歌的"意义说"所不能解释的。因为"意义说"要求诗歌远离意义的某种随意性，它要用毫无差错的意义证明，读者对诗歌的理解是静止的，仿佛一旦找到了稳定的意义，就找到了能够报答我们的诗意。其实理解就如我们在阅读过程中所感知的那样，真正完美的作品既存在着可以全部探知的内容，也存在着让我们的理解发生漂移或眩晕的流动，存在着能让身心怡荡、不能自已的迷乱。"意义说"涉及的意义就仿佛是一座建筑，是固定的、静止的。而本文提出的"意味说"涉及的意味，则好像某个人每晚所做的梦，始终围绕着这个人处于变动不居之中。意味既平衡了读者对于明白如水的不满，也巧妙鼓励了读者去完成自己的想象。意味的光荣既在于它是由诗人写就的，也在于它是由读者奉献的美梦。意味始终要维护诗人与读者的伙伴和合谋关系。"意义说"只注意到了诗歌里那些可以全部探知的内容，即眩晕之前的明晰部分，而忘了这些明晰部分恰恰是为了帮助读者创造眩晕感。就如医生光解剖每个器官，并不能真正理解生命一样。也只有那些能造成读者和文本互动的眩晕，才是诗意产生的源泉。它使人们在理解明晰部分的同时，又感受到眩晕带来的轻微陌生感。所以，在我看来，意义不过是为诗意产生而进行的铺垫和准备。意义本身与诗意并无直接关系，而真正传达出诗意的则是意味。因为作为读者，我们并不可能被所谓的意义直接感动或触动。读者不可能在读《奥德赛》之前，仅仅了解到英雄奥德修斯克服艰难险阻、执意回家的意义，内心就会被大大触动。如同我们不可能一见到"离别"一词，就心有所感。我们必须把心境置于离别的词语情景中，充分体会到离别的某种或诸多意味，心才会被真正触动。

在读者那里，意味是无需证明的存在。它就像能限制人喜怒哀乐的音乐，不会因它些许的含混或不清晰，而使读者的情绪像一匹脱缰的野马。例如，当我们读到叶赛宁的诗句：

我抱着白桦树，就像抱着别人的妻子。

诗句在我们内心产生的意味，远不是诗句意义所能穷尽的。我们也许可以列出此诗句的若干意义，比如，诗人以偷情的热情热爱着白桦树；或诗人抱着万般熟稔的白桦树时，产生了抱着别人妻子的新鲜感；等等。此诗句贡献出的若干意义，对于普通人来说不难理解。问题是这些意义并不直接产生诗意。读者不是靠知道了这若干意义，才确信这里面含有诗意。诗意恰恰是围绕着这些意义的一种气息、氛围和顿悟，即那种表述已经难以胜任的东西。那就是给读者留下余地，可以反复去体味的无言意味。这些无言意味赋予读者的理解，以超越确定意义的权利。对于上述说法，我们可以设想一个实验来加以验证。比如，我们只用修辞来给叶赛宁的上述诗句"注水"，而并不改变它的意义：

我热烈地抱着蓝天白云下的白桦树，就像热烈
地抱着蓝天白云下的别人的妻子。

　　和叶赛宁的原句相比，上述诗句并没有更多的意义
矿藏，但在诗意的感觉上明显不如原句。按照"意义
说"这个现象无法解释，相同意义的诗句怎么会在诗意
的感觉上有差别呢？但按照"意味说"，这个现象不难
解释。由于修辞的改变，围绕着诗句意义的意味也被改
变了。也就是说，修辞改变了围绕在意义周围的气息、
氛围，它使得造成顿悟、联想和想象的词语顺序发生了
改变。这样就改变了围绕在意义周围，留待读者去抒发
补充的感受空间。所以，意味的魅力就在于，它沉醉的
东西是朦胧的、流动的，虽然它大体保持着对意义的忠
诚，但它会受到修辞和语法的改变。意味的用处还在
于，它承认了修辞和语法对于诗意的正当贡献。从意味
的角度看诗意，诗意的构成就变得清清楚楚。
　　过去我们都喜欢谈论意义之谜，似乎意义之谜是产
生杰出诗歌的法宝。遗憾的是，以"意味说"的眼光
看，诗人如果专注于意义之谜，他不过是把晦涩费解那
个上限当作目标，而对人类内心的恐惧来源知之甚少。
相反，当意义没有超出我们的理解力，而只是让"意味

之谜"对阅读理解构成轻微的威胁，由于"意味说"所要求的阐释力和理解力的差距受限，不致出现因意味而改变意义的情况，那么迷人轻松而又意味深长——就会成为这类诗歌的良好特征，这类诗歌就能传达出人类内心所共有的理想诗意。

8. 风格是人性悖论的完美体现

有人问巴别尔写小说的秘诀，他答道：风格。风格在中国，常被视为旁门左道，那基本等同于是说，你的人生经验已经乏善可陈，你不得不开始舞弄形式的魔盒了。说来连我自己也难以置信，写作之前、之初，我就感到了风格的引力，后来只是不再喜欢早期偶像的风格，再后来又不喜欢中期偶像的风格，现在，我常对自己的风格不满，连带着也对中国作家的风格不满起来。

记得我还没开始写作前，当我与老同学钟扬通了两年信，风格意识就像基因一样，突然苏醒了。多年后才知道，我是黄庭坚的所谓后代，他诗作奇崛的风格意识，大概也活在我的基因里。我在打捞内心的体悟时，感到去抓取它们的语言，不再是一把铲子或机械手，语言分明是一个活物，它常能抓取到，我还没意识到的体悟，这时语言就像一个过度热情的向导，急吼吼走在意识的前头，我感到自己正被它摆布着。就像我即兴说话时，当喉咙被内心的声音撩动，我还来不及理解声音的含义，那一刻，声音只是吸引我的形式，可是，声音来到口腔的刹那，理性终于追了上来。舌头既忘不了声音这个恋人，又要屈尊做理性的秘书，它给双方都留下了可乘之机。理性试图辨明声音的含义，及时予以干预，这种功夫并不总能做到家。这样一来，词不达意，或说出莫名其妙的话，既情有可原，也常常不可避免。

如果把说话改成写作，就能避免这种失败，只是缠绕在舌尖上的那些猝不及防、词不逮意、莫名其妙、言说奇迹等等，所有这些"意外之言"，就会被清醒的理性清除、放逐。这样就可以理解古代圣贤们的忌讳，他们忌讳写。孔子的"述而不作"，是强调圣人只说不写。苏格拉底也是只说不写的典范。那么多"意外之言"的时刻，言说的微妙体悟，一并散失在没有记述的历史中。一些作家对言说的迷恋，大概也出自相同的原因。王尔德到了晚年，几乎只说不写，用说替代了创作。马克·吐温到了晚年，一样痴迷演讲。我相信，他们都发现了文字的"无知"，声音的"有知"。我讲课时，同样常遭遇类似的激发。一些瞬间顿悟的认识，语言审美的奇妙体验，会不经意从舌尖跳出来，惊住听众和我自己。事后，靠听录音才写成的讲稿，只是去摹写讲课的历程，完成把那些即兴产生的宝物，收入文字囊中的重任。

　　写，成了遗憾的艺术。写，在收集内心声音的征途中，常常精疲力竭。面对泉水般不断涌出的内心声音，如何用文字选择和裁剪，成了风格形成的关键。一旦了解到风格背后的机制，就容易懂得，风格就类似数学，就像物理学家用数学"感知"世界，用数学赋予世界可理解的"形式"，作家是用风格"感知"内心的声音，赋予声音可信赖的"形式"。为什么没有形成风格的人，他书写的文字，仍可以保留个人印迹，与他人区别开来？这是因为，人生活的环境不尽相同，环境会"训练"人的潜意识。再说，寄居环境中的人，也会不时冒出个性化的人性反应，这些都会沉淀为人内心的声音结构和思维结构。只是，环境中人云亦云的势力，太强大。再加上，庸常写作教育的结局，常常是让人无可挽回得更加靠近公共言说方式，与要形成的独特个人风格背道而驰。这时，内心从个人环境"遗传"下来的思维结构，会诚服于公共言说和庸常写作的强大，一交手便溃不成军，能留下一点个人印迹，已算万幸。所以，当我与钟扬通信两年，当那点可怜的个人印迹，逆着公共言说和庸常写作生长，长到令他惊喜地来信，提醒我已经有了风格，我才开始审视，风格究竟是什么，为什么会让他惊喜？

　　歌德一生的写作，涉足过几十种风格，他曾撰文谈到什么是独特风格。他注意到，描述对象有值得模仿的客观特性，作者不仅可以通过选择表现哪些特性，来体现自己的趣味，还可以通过"正确表现"特性，来"使我们赞叹不已"。他认为，只要尊重特性的选择趣味，能与"正确表现"特性的技艺结合，作者便"具有了独特风格"。库切认为，布罗斯基在哈代的诗中，发现了"无生命的物质的声音"，这些声音让哈代更像一个抄写员，不像一个语言的自主使用者。那些声音有中立的立场，仿佛被一个普遍的意志附体，可以投胎哈代的诗，也可以投胎他人的诗，那个意志可以超越个人，编织共同的语言之梦。我以为，布罗斯基的看法与歌德的看法相去不远。他们都关注如何选择客观特性和"正确表现"特性，让作品具有形而上的普遍性。比如，布罗斯基认为，"格律总是比历史更耐久"。我愿意把库切说的意志，换成一个更好理解的词，人的心理结构，它来自人性的悖论。比如，格律就具有普遍性，它反映了人的普遍心理结构，即声音的重复与变化如何搭配，才会得到心理认同。当诗人用格律写诗，他没法调用全部的主动，他会丢掉声音的主动权，仿佛他是格律声音的"抄写员"，仿佛不是他选择这些声音的客观特性，是这些客观特性领着他去选择词语。一旦他被格律推着去选择，他就有了"正确表现"声音特性的时机。比如，平仄只是把所有字一分为二，从一半字中选一个字，与另一半字中的一个字搭配。比如，从仄声字"白日尽"和平声字"依山"，分别选字，可搭配成"山尽""白山"等。可以想象，在全体的仄声字和平声字里面有太多选择的自由。就算句子要遵循平仄搭配的格律要求，以迎合追求悦耳的心理结构，诗人仍有很多妄自尊大的时机，即"正确表现"特性的时机，这是格律教给诗人的智慧：通过丢失声音结构的主动权，换取符合自己内心字义的选择权。当然，有时候声音结构会把才能低的诗人逼得走投无路，出现以音害意。就算我们搬家到自由诗里，仍可以窥见，对声音结构的普遍要求，同样延绵到了自由诗里，只是谁也无法写下或看见像格律那样的声音规则，但专业诗人都听得出，一首自由诗是否悦耳。声音的普遍特性隐在自由诗中，变得不可见，却听得见，这是它折磨普通人的魔幻之处。类似的其他普遍特性，自由诗中还隐藏着一些。比如，没有了格律的领路，诗意又如何创造？看似截然不同的旧诗词和新诗背后，隐着吓我们一跳的共同特性，比如，都愿意首选可以直接撬动感官的意象。意象就像前面说的声音结构，不是某个时代的专利，它可以搬家到任何时代。

我自己的写作，经历过若干风格。一开始，以为找到了个人腔调，可是里面隐着太多公共腔调，写了四五年，我注定走向了公共腔调的反面，这时又丢失了对客观特性的尊重，令作品只是个人编造的密码，并不试图让他人解码。进入新世纪以来，我对歌德说的客观特性有了体悟，它就像自由诗里的声音结构，可以说服任何人，说服任何时代，只要处理得当，你可以像古代格律诗人那样，同样找回自己的个性。歌德屡屡谈及，受限中的自由，不少中国读书人将之视为鸡汤，殊不知歌德触到了人性的核心：悖论。不管人既求安全又爱冒险的悖论，是来自心酸的原始生存史，还是来自社会和个人的博弈，人的这一本性，实则"规定"了人类命运、文化和奋斗的风格。比如，它"规定"着人对自由的"合度看法"——自由的可贵就在，有拒绝的自由。拒绝本是让自己受限的行为，比如拒绝利诱、功名等，可是退后一步的生活里、自我限制的生活里，有更舒展的精神自由。格律诗人因为遵从格律，且格律化入了血脉，不再焦心对声音结构的搭建，诗人就获得了表达内心的自由。相反，一些写自由诗的诗人，因为无视自由诗中的客观特性，企图夷平一切，在废墟上写作，结果恰恰激发了读者对不安全的恐慌，造成阅读排拒。没有安全背书的自由，或没有自由的安全，都会成为写作中的暂时工程，是争得一时而不是争得一世的"最后晚餐"。这些都来自对人性的无知，当然，不能完全归咎于个人，是对个性解放的期待，让他们产生幻觉，以为只要人解放了，人的共同体就会走向正途。殊不知，确立一种善，也会损害另一种善。比如，你爱子，给他过多的钱，爱之善，会损害自食其力的善。你为情义，提拔友人，重义之善，会损害公平之善。人陷入左右为难的困境，乍看是命运所为，实则是人性所为。追求个性解放，就得接受人性幽暗的解放，任何追求没有杂质的努力，注定会失败，因为它违逆人性，这是人跟机器的根本差别。所以，受限中的自由，指出了尊重人性悖论时，调节个性与客观特性的正途。歌德早年为"狂飙突进"呐喊，开了个性解放的风气，晚年他用古典艺术中的客观特性，来约束个性，寻求限制中的解放，成就了《浮士德》。两个时期的差别，从《少年维特之烦恼》和《浮士德》，可见一斑。当代作家普遍弃《少年维特之烦恼》，选《浮士德》，印证了歌德晚期主张的耐久。

　　萨义德在《论晚期风格》（阎嘉译）里，谈到一些文艺家晚期的不合时宜，超越可接受的常规之物，他将之视为不和解的形式。比如他说，"巴赫的核心是不合时宜，是把过时的对位法技术同一种现代的理性主题结合起来"，同时他引用阿多诺的话，说巴赫"作为过时的复调音乐作曲家，拒绝顺从时代的趋势（如在莫扎特那里的愉悦或潇洒风格），他自己塑造了一种趋势……在主观性本身成为根源的一致整体中，把主题释放给客观性"。萨义德揭示了巴赫技巧的真正核心：矛盾。巴赫以这矛盾中的客观性，超越了他身处时代的巴洛克趋势。我愿意添上萨义德没有提及的晚年歌德，作为这类晚期风格的例证。歌德一样没有持续顺从浪漫主义的主观夸饰，他晚年难以置信地退向古典，借用古典艺术的客观特性，来制衡浪漫的主观性，以落伍的方式来摆脱"当代趋势"，去创造自己的趋势，达到阿多诺所说的"最内在的真理"……

我自己的写作，也经历了类似的转变，90年代中期前，达到了主观性的峰顶，以奇崛为要。之后，我对平淡事物的关注，令我朝主观狂想，注入了题材的现实性、描述的客观性，它们彼此的交相融汇，令作品远离了当代的一些时髦趋势。比如，我写的一些物道诗或物体诗，乍一读来，让人以为是落伍的咏物诗，实则咏物只是形式，借用物体的客观特性，来制衡意象中的主观狂想，容下物道主义揭示的幽暗，与古时咏物诗借魂的人道，不是一码事。我曾撰文说过，新诗正处在它的六朝期或初唐期，"当代趋势"里，有太多摆弄过度的主观和自我，少有人在乎事物的客观特性。当代诗里有太多的酒气，揭示出这是一个诗的酒神时代，没有得到多少日神的眷顾。我以为，来自日神的克制，或酒神的嚣张，不只是圆满技巧的呼求，不只是希腊悲剧的流传机制，也是人性深处半主观、半客观的悖论需求，是人调节自己与环境关系的古今秘诀。甚至可以说，是一扇通向真知灼见的门扉。人只有在恰当维护自己的时刻——既不是过度维护，那样就成了一味地自我辩护，也不是放弃维护，那样就成了彻底屈服——想象的事物才不会操之过急，才会既任性、嚣张，又看着客观特性的眼色行事。我愿摘洛尔迦的两节诗，来昭示这"最内在的真理"。

> 一声呐喊的椭圆，
> 回荡在
> 山间。

化作一道黑色的虹

从橄榄林

映照蓝色的夜晚。

——摘自洛尔迦《呐喊》（赵振江 译）

"呐喊的椭圆"和"黑色的虹"，分别是对"呐喊"和"虹"的肆意想象，是主观性的嚣张表演，可是"椭圆"又尊重了山间（山谷）的常见形状，"黑色"尊重了夜晚或夜云的颜色，甚至"一道黑色的虹"还尊重了夜云的形状……这"最内在的真理"，大概说明了洛尔迦的诗，为何不靠任何诗学支撑就能贯穿时代和国界。毕竟人性会决定，什么诗学长久不了，永远走不出某时代的咫尺之内。

9. 拯救语言中的地方性和诗意

加拿大面孔

　　加拿大在地图上显得有些苍白，那个冰盖的形象在我的脑海里始终不能清除，直到我开始翻译弗瑞德·瓦的诗。一动不动的加拿大大地没有变，开始变的是我的内心。也许石峻山知道我需要怎样了解加拿大，他向我推荐了加拿大小说家辛克莱·罗斯的短篇小说。通过读小说来了解原诗的背景，这个主意着实绝妙。虽然罗斯的文体对我来说有点难，既铿锵又简洁，但他的《中午的灯盏》还是一下抓住了我。此前，我不知道加拿大中部的草原白天是那么昏暗，连中午也需要点灯。这令我想起普希金的诗句："风暴用昏暗遮住了天空……"罗斯的小说使我很容易就理解了弗瑞德·瓦诗中的草原。那里的草原没有我们想象中的风雅，只有风卷着蝗虫的严酷，居民的消极抗争或顺从，"草被蝗虫/吃尽或枯死。在这派风景中/我的每个熟人都迁往另一座小镇"，

"我不知道她们做饭有无/蘑菇可加。那时这里相当干燥。他们回到/室内才难得一笑"。(《也许祖母和外婆去了北方》)诗句中隐着一无所有的感觉,那里的居民一样饥饿过,苦难也号角般的嘹亮过。这种感觉触动了我在 80 年代的一种情绪。我们曾历经崔健唱出一无所有时的快意,弗瑞德·瓦说出一无所有时虽然也没有眼泪,但婉转得多,也道德得多。草原上的道德是选择与苦相伴,而避免让生活陷于荒诞。据石峻山说,饭里能加蘑菇曾经就是中部草原的美味佳肴。这种道德也曾是我们的传统,是弗瑞德·瓦的诗让我接近了我们的过去。

大概一谈到史诗,大家便难得有片刻的松弛,总愿意把它想象成伤脑筋的庞然大物。其实我们不必总是为史诗怀着沉闷的心情,也不必把史诗这个词眼用得过分谨慎。史诗在我眼里就是一种有耐性的民族洞察,明了居民生活的含义,也许需要缓慢而耐心的辨认过程。读弗瑞德·瓦的诗或辛克莱·罗斯的小说,都有一扇史诗大门突然在眼前敞开的感觉。原来我们脑海中的或地图上的加拿大,完全是一场误会。"把那些酸模叶子含在口中/有根茎深处岩石沙子的味道"(《酸模叶子》)在诗中通行的不是书本,是通行在加拿大山川的旅行和观察经验。所以，自从译了弗瑞德·瓦的诗或读了罗斯的小说，我终于开始能够辨认加拿大的面孔了。我相信，谁能用这样的面孔惊扰读者，谁就得到了史诗的真传。史诗和宗教一样，在当代也面临着进一步世俗化的转折。继续写荷马那样的史诗，恐怕是自欺欺人。我们有太多想写大诗的情结，但导致的都不是洞察力。很多人的诗是思考的，但已经没有了眼睛。用弗瑞德·瓦的诗这样来反观我们，也许我们的语言越来越漂亮，但已经丢失了中华面孔。也许我们越来越大胆，但越来越与自己的民族分了手。

弗瑞德·瓦

生活中的弗瑞德·瓦是个左派。记得十一年前，他突然出现在南京时，我难免对他的身份很迷惑。根据国内的生活经验，我很难把左派与反叛、张扬的个性联系起来。那时，我难以置信他是专程为我和车前子而来。据说他在英国和加拿大的书店，看到了我和车前子等人的一本诗集。是诗作为向导，诱惑他来到中国。很奇怪，当他的形象还历历在目的时候，我没有鼓起翻译他诗歌的勇气。幸亏石峻山从小就读弗瑞德·瓦的诗，几乎去过诗中的每个地方。石让我弄清了原诗中的"一座山"和"圣海伦的头发"的关系，"一座山"就是圣海伦山。很难想象一个不了解那个地区的翻译者，能恰当理解两者构成的隐喻。这样的例子在弗瑞德·瓦的诗中无处不在。也许是石峻山让我注意到了加拿大的独特生活氛围，我突然觉得自己有资格译了。在石峻山舌尖上打转的加拿大，与弗瑞德·瓦那年给我的印象，几乎没有差别。与我和车前子有时"胡说八道"不同，弗瑞德·瓦说的都是正经话，至理名言。如果算下年龄，他的确有不能胡说的原因：他只比我的父亲小一岁。那年他已近六十，却有大侠风度，背着一个巨大的登山包，常对南京街头来往的车辆皱眉头。他对我说，要不了几年南京马路就会不够用的。他立刻就发现我们会重蹈西方的毛病，他认为西方人拥有那么多私家车，是愚蠢而不健康的行为。后来我发现，他巴不得能监护自然的态度，与他怀有左派思想有关系。记得我刚留校教书时，学校曾请来一位美国哲学家，他演讲时边贬左派，边夸绿色和平组织。于是我不客气地给他递了一张纸条，说明左派思想与绿色运动有内在联系。绿色运动的实质是限制消费，与左派社会限制自由生产，在经济上是一致的。美国哲学家认为这个洞察很出色，鼓励我和他已在复旦当教授的学生一起研究，但我的兴趣已经转向诗歌。毋庸置疑，弗瑞德·瓦的诗歌和他的左派倾向，又向我托出了上述情景，使我意识到适度的左派思想（当然不是全部）对于保护自然的意义。

语　气

　　我没料到弗瑞德·瓦的诗中有各种语气，与中国诗人罕有在语气上做文章不同，他的诗里几乎隐着一个语气的年谱。一开始，我对他诗中的语气有些冷漠，我想能译得美就行了，打算用我脑子里的语气一统它们。幸亏石峻山珍视瓦诗里的一切，他非要我译出不同的语气。慢慢地，我感到语气就是瓦诗中的一件乐器，他喜欢在钢琴独奏中加入一点别的配器。"我们是要那种秋天的橙色/是要那种黄色，那个，还有那个/再给我们更多/那种死气沉沉的红色"（《高山植物》）诗句里的语气很不礼貌，是一个泼妇在商店买东西的语气。没想到他居然会推广这种语气的用途，把它推广到描绘自然上。"今天还会下雪，鸟将只能忍受，小动物也只能如此。"

（《冬日》）诗开首几句，完全是天气预报的语气，着眼于不可更改的无奈。"零下三十度，他们还得送信：/请定这种耐用的咖啡壶，要尽快"（《尚在邮路的信里，有一册优惠券》）在第二行诗里，他把推销员的语气也用上了。不同的语气出现在他的诗歌里，难免会消解他的风格。从这个角度说，弗瑞德·瓦可不是十足的绅士，他是加拿大的左派反叛者，他不会让语气首尾一贯地服从于风格。由于语气来自天然本能，是非思考的，所以，它在诗中比思考本身更可取。

误　译

有时，石峻山的抗议就像栅栏，我必须像一匹马一样跃过去。因为他考虑的毫无差错，恰恰使译出来的东西毫不美妙。我的傲慢或说不肯完全俯就原诗，同样是出于诗歌的理由。我不能容忍译诗在汉语里面没有感觉，衰退成"意思准确"的散文。如果不能把别国诗中的诗意，也变成汉语中的好东西，我的心里便会涌起对译者的蔑视（也包括我自己）。所以，遇到直译不能维系汉语中的诗意时，我便考虑从原诗的羁绊中挣脱出来。"而我浑身都是这些说的话/都是你的微笑——/永恒的事物"（《致帕米拉：一首写雪的诗》）按照原诗，第二行应该译为"只是你的微笑"。与我讨论的石峻山也耿耿于怀，他质疑"只是"和"都是"不过一字之差，放在此处差别真的那么大吗？作为加拿大人，他一时难以弄清让诗歌变得平庸的那些汉语陷阱。"山峦/从云中钻出/一条路降/向一片湖"（《春天的地理》）原诗最后两行应该译为"路降/向湖"。乍看，给它们添加量词的做法似乎不公道，可是一旦理解了节奏就是自由诗中的格律，便知道若没有添加的量词，前两行和后两行的汉语节奏便很不一致。反观原诗，统一的节奏就像一根线串着四行诗。

译诗中，我常感觉自己干的就是拯救诗意的活儿，因为原诗在汉语中实际是死亡的，问题在于译者能不能把它们救活。如果在汉语中有了诗意，它们就真正活在汉语里了。"满月在啜泣。敌友被颠倒。/动物也异常，它们尝试着思考生活。"（《那些熊》）原诗的字面意思是"朋友被倒挂"，如果这样毫无差错地放在汉语里，恐怕不仅意思晦涩，也失去了与前后句子的联系。我的"误译"便是清除理解上的阻碍，并保持言外之意。由于原诗的涵义总会超过译者所能意识到的，所以保持译诗在汉语里的暗示能力，显得相当重要。当然，我的"误译"与庞德不同，并非他译《华夏集》时的天马行空。我想前后句子的珍贵在于，它们能把有诗意的"误译"限制在不出大偏差的范围。一旦把"朋友被倒挂"引申为"敌友被颠倒"，这样能与前后句子衔接的意义就产生了，也使满月啜泣的意象变得合情合理。

10. 如何读一首外国诗

① 我和狗结婚了

玛格丽特·罗斯

去年，我和狗结婚了

大家都来看我们

我们忙着用饭菜、甜点待客

我分外美丽

狗看上去也不错

我和狗交换戒指

接着，它献上鲜花

羞得我满脸通红

晚上，我和狗一起上床

穿上睡衣，坠入梦乡

早晨，我先起床

穿好衣服，悄悄下楼

一小时后，丈夫也来到楼下

我说，早晨好

它根本不理我

它趴在地上，只顾着吃

我沮丧了一会儿

很快就好了

因为我又和猫结婚了

（笔者、石峻山译）

I Married My Dog

Margaret Ross

Last year, I married my dog.

Everyone came to see us

and we served dinner and dessert.

I was simply beautiful
and my dog looked nice too.

My dog and I exchanged rings.
Then my dog gave me a flower
and I got very red.

That night, my dog and I went to bed.
We put on our nightgowns and fell asleep.

In the morning, I got up first.
I put on my clothes and went downstairs.
An hour later, my husband came down.
I said good morning
but he didn't notice.
He just lay on the floor, eating.

I was disappointed for a while.
But I soon fixed that!
I married my cat.

黄梵解读：

此诗是纽约女诗人玛格丽特·罗斯十一岁时写的作品，根据她妹妹凯瑟琳的梦写成，两年后刊于《纽约客》2000年6月19日与26日合刊号，刊出后曾引起极大反响，成为讨论焦点。因杂志当时未标出这是一个女孩写的，许多人以为是成人之作，于是纷纷解读这首诗的象征和隐喻，一些人认为这首诗是抒写同性之恋，还有人认为这是对当代婚姻现状的辛辣讽刺，等等。她当时在谈论与狗的"爱情"挫折时，还不明白选择的疲惫，认为与猫"结婚"，"爱情"便可达至理想。

② 袜 子

玛格丽特·罗斯

袜子来自五双一包

最无聊的主题可能是

什么？半透明蓝色

上的小洞，缀成

环绕脚踝的一颗星

我带着它们去走廊

如同我需要它们。我用手指触摸

漆器和橡胶头的

木槌，水晶饰品

缝制的内衣。

无论你去哪里，都会得到缓解。

麻木的一小时。这一小时

我本可以触碰你却没有

或心不在焉地，上床

或起床，或试图找到

你背后的什么玩意儿。

能买的东西

我都不需要。我买了袜子

买了从没用过的板条勺子。

蓝色被星星皮肤的生活场景

打断。我对桌子上

你曾经放手的

那块地方盯了

好久。我害怕

触碰它。我的爱，和那些我

看过的爱，都是些密不透风

有着星星模样，不透明的玩意儿。

（笔者、石峻山译）

Socks

Margaret Ross

The socks came in a pack of five.
What is the most boring subject
possible? Translucent blue
with punctures pierced to shape
a star around the ankle.
I carried them along the aisles
as if I needed them. I fingered
lacquered dishes and the rubber heads
of mallets, crystal trinkets
stitched to underwear.
Wherever you go, this buffering.
A dull hour. All that time
I could have touched you and didn't
or did absentminded, getting in
or out of bed or trying to reach
something behind you.

I didn't need anything

I could buy. I bought the socks

and a slatted spoon I haven't used.

Blue interrupted by the living points

of constellated skin. I've been

looking for a long time

at the stretch of table where you had

your hand. I am afraid

to touch it. Love, all I've ever

seen is things in airless dense

configuration and no transparency.

黄梵解读：

  玛格丽特·罗斯神童少慧，十一岁在《纽约客》发表的短诗《我和狗结婚了》，曾成为读者议论的焦点。那么过了二十年，当她成长为美国诗坛新秀，和斯坦福大学、爱荷华大学诗歌写作课的掌门人之一，她用《袜子》再写爱情时，已没有了扭转它颓败的举措。《袜子》一诗以购买的蓝色袜子为触发点，来发出对已逝爱情的感悟，结尾把诗人经历的爱总结为：密不透风、不透明的玩意儿。给人既隐秘又闷气的感觉。诗人以此自嘲，仿佛这些都是过去的爱情生活，为自己赢得的一层阴影。即便如此，"我什么都不需要""我害怕/触碰它"，也泄露出硬气话背后的情感需要。这首来自美国新一代诗人的爱情诗，也如国内的爱情诗那样，受困于爱情的神秘、多变，且难以割舍。

③ 褴褛汉子的欢乐

本·韦弗

我要让绿色沙拉沾上泥土

让土豆，胡萝卜，甜菜沾上泥土

我要让丰收进入种子

成为湿润的菜梗

靠在厨房的水池边

我要让雨点飘进窗檐

让飞蛾扑向厕所的灯光

我要让蚂蚁搬走地上的面包屑

搬走掉在柜台和桌下的饭粒

我要让彩色的落叶堆上我的台阶

让它们在风中交换座位

我要每天清晨遛狗

让狗带我去它想去的地方

直到路让我

熟得像西瓜那样开裂

（王屏、笔者、石峻山译）

Ragged Ass Joy

Ben Weaver

I want dirt in my salad greens,

On my potatoes, carrots, and beets,

Want there to be seeds,

Mixed in with my harvest,

Want thereto be wet stems

Stuck to the sides of my sink,

Rain in my windowsills

And moths in my bathroom light fixtures.

I want ants to carry away my crumbs

From under the kitchen counters and table,

The leaves to collect on my steps

And change places in the wind.

I'll walk with the dog in the mornings

Because I want to go where a dog wants to go,

Until I split like a melon

Of my own ripeness

黄梵解读:

"直到路让我熟得"中的"熟",是认知层面的熟悉,是说对路了解得很清楚,与知识有关。"熟得像西瓜那样开裂"中的"熟",是西瓜收获时的状态,此状态可以通过西瓜开裂来目睹,大约与视觉、触觉、嗅觉有关。本·韦弗用最后两行,故意把认知上的熟与西瓜的熟混淆起来,打通了认知(知识)与视觉、触觉、嗅觉的界限,可谓通感的新写法,或说通感手法的泛化。

④ 衣服的悲伤

艾米莉·弗拉戈斯

当人死去,衣服是如此悲伤。它们活得太久
已超出使用期,不再感到充实和温暖。

你对衣服解释，他不会回来了

就像当年他穿着休闲裤和格子夹克出现那样
他跟你说着话，露着好看的微笑。
你每次去拿点东西，回来时他就走了。

你向衣服解释，死亡就像那场梦。
你告诉它们，你有多想念他
有多想念那只穿着过冬小毛衣的宠物。

你告诉那件破旧的雨衣，如果你多去谈论，
你就会把悲伤发泄出来。古人把
战斗和胜利的誓言刻在盾牌上，奔赴战场

去赴死。语言就有那种力量。
当你提醒那些留在抽屉里的衣服，袖子固执
折叠在胸前的衣服，或斜放在椅背上的衣服，
或挂在黑暗壁橱里的衣服

当你关上门，
它们隐隐叹着气，随你怎么处置我们吧。

他走了，就没人能告诉我们他去了哪里。

（笔者、石峻山译）

The Sadness of Clothes

Emily Fragos

When someone dies, the clothes are so sad. They have outlived

their usefulness and cannot get warm and full.

You talk to the clothes and explain that he is not coming back

as when he showed up immaculately dressed in slacks and plaid jacket

and had that beautiful smile on and you'd talk.

You'd go to get something and come back and he'd be gone.

You explain death to the clothes like that dream.

You tell them how much you miss the spouse

and how much you miss the pet with its little winter
sweater.

You tell the worn raincoat that if you talk about it,
you will finally let grief out. The ancients etched
the words
for battle and victory onto their shields and then
they went out

and fought to the last breath. Words have that kind
of power
you remind the clothes that remain in the drawer,
arms stubbornly
folded across the chest, or slung across the backs of
chairs,

or hanging inside the dark closet. Do with us what
you will,
they faintly sigh, as you close the door on them.
He is gone and no one can tell us where.

海伦·克莱因·罗斯解读：

这首诗想象极为神奇，它设想当人们死去，他们穿过的那些衣服会有失落感。如何向它们解释，曾把它们撑满的人不会再回来？如何向狗的过冬小毛衣解释，它现在的必须独自待在抽屉里。这首诗同时也揭示了对一个小孩解释死亡的困难。

（笔者、石峻山译）

Helen Klein Ross：

This poem seems to me a marvelous act of imagination. It envisions that when people die, the clothes they wore feel bereft. How to explain to shirts and trousers that the person who filled them isn't coming back? How to explain to a dog's " little winter sweater" that it must now remain alone in the drawer. This poem also evoked for me the difficulty of explaining death to a small child.

黄梵解读：

这是一首典型的物道诗。物拥有和生命一样的灵性，这样就无法设想人走后，曾与人相伴的物会无动于衷，它们当然想知道发生了什么事？可是解释的困难恰恰在于，物与生命的混淆，因为物没有专属的最终去处，比如墓地等，也因为物的使用期比人活的时间更久，物与人就变成人与宠物的关系——当宠物死去，人的失落感就等同那些衣服的失落感。这首诗将人与物的日常关系，颠倒了过来，提示物的世界比人更长久，我们精彩的人生，终会转为它们唱的挽歌。把部分主体性让渡给物，才能真正看清，拥有主体性的我们，其实携带着种种局限。解释的困难，恰恰是跨越生命界限的一种努力。

⑤ 冒　险

海伦·克莱因·罗斯

高尚区发廊里的洗发工，警告主妇别把头太靠向水池。发廊正在翻修，水池还没放稳。

洗发工是新来的。去年这时，她还不是洗发工。

那时她是某国的化学家，现在她的国家已被战争抹去。

这真是冒险，主妇说。她小心翼翼放下后脑勺，直到它挨到瓷盆。

是的，一种冒险，洗发工说，她伸手取来毛巾，赶紧托住主妇的脖子。

（笔者译，刊于 2013 年 9 月 9 日《纽约客》）

Adventure

Helen Klein Ross

A shampooist in an uptown hair salon warns a matron not to lean too far back on the sink. The salon is being renovated and the sink needs adjustment.

The shampooist is new. This time last year, she wasn't a shampooist.

She was a chemist in a country now erased by a war.

This is an adventure, the matron observes, gingerly

tilting her head back until it rests on the porcelain.

Yes, an adventure, the shampooist says, reaching
for a towel to cushion her neck.

黄梵解读：

2015 年我去纽约时，与海伦讨论过这首诗。她告诉我，此诗有一个真实的原型，中东某国工厂的化学家，现在是纽约一发廊的洗发工。该诗乍看只是对真实洗头过程的描述，实则是一个隐喻，是标题提示的"冒险"与"洗头"这一事物的对比。颇似夏宇的《爱情》，将"爱情"与"拔牙"对比，来实现隐喻。化学家经历了失去国家，靠当洗发工糊口的惨痛，内心已是惊弓之鸟，对风险的敏感远远高于纽约人。所以，在重新翻修的发廊，诗人看似描绘了微不足道的洗头风险，实则是对世界危机的个人告白。重新翻修的发廊，实则是试图重造的新世界，处处藏着危险。这首看似白描的诗，何尝不是对当下世界危机的绝佳预言？

⑥ 无题（风暴中的旅客）

里卡多

我吸入的空气，已被我的脚步声弄伤

泥巴和裸体的红色，也在伤害空气

还有天空、山、谷……

她来了

我妈穿着秋天　太美丽

带着风摇动

的叶子

带着她颜料的油

把山路变成赭色

把我的太阳穴涂成绿色

把砾石的灵魂

变成空虚的颤抖

草很新鲜

我那冬天的树皮被咬了

平原溢出千种颜色

全红

全绿

我走的路着火了

向无眠的夜

哀叹

蜿蜒的路

已感到偏离

归途千次

你们看山间的

步道吧

我妈走过来了

她多漂亮

穿着秋天的痛

（石峻山、笔者译）

No Title (The traveler in the storm)

Ricardo Díez

I inhale the air wounded by my steps

and by the red of clay and nude

the sky, the mountain, the valley...

here she comes

how beautiful is my mother dressed in Autumn

with her disturbance

of leaves

with the oil of her colors

filling the road with ocher

and green my temples

turns the soul of the gravel

towards the tremor of emptiness

the grass is fresh

my bark bitten into winter

the prairie overflows in a thousand colors

all red

all green

my course burns

into the night awake

of the lament

bending paths

feeling deviations

going back a thousand times

look at the path

between the mountains

and here comes my mother

how pretty she is

in her pained autumn suit

黄梵解读：

里卡多是西班牙的著名诗人，他和我一直有邮件往来。我和悉尼大学汉学家石峻山合译他的诗时，情不自禁被这首诗打动。看似一首赞美母亲的简单诗作，实则将意象的功能发挥到了极致。诗开头先写红土山路因风暴扬尘，因"我"走路扬尘，带给空气和"我"的伤害。可是，当妈妈远远走来，同样的场景立刻改观，妈妈令"我"看世界的眼光变了，刚才还伤害我的红色尘土，变成妈妈让世界好看的颜料之一：赭色，变成"我走的路着火了/向无眠的夜/哀叹"，成为和"我"一起哀叹世界的同盟者。妈妈是被哀叹世界里的一道风景，哪怕她"穿着秋天的痛"，照样美丽，哪怕山路偏离归途千次，我仍因她而欣喜。"她多漂亮/穿着秋天的痛"，可谓诗的点睛之笔。妈妈令"我"坦然接受伤害，沉浸于那些对立造成的美丽，包括"把砾石的灵魂/变成空虚的颤抖"。

⑦ 失眠症

詹姆斯·谢里

从前你无法安静地躺着，但那已是过去。

不要嘲弄你用发誓

终于得到的心安。保持低头。

要是低头还不行，就装睡。白天将

马上考验你的实力。等你晚上睡个好觉

再自夸。记住，有人起床

就有人躺平咯。什么计划都可能

陷入混乱。什么事都可能

在明天到来前发生。每块草

都有共同的根。战争一定会打。接下来

就不一定了。你不必追逐每个念头，

建个堡垒来对抗也不

中用。地球是用来活下去的完美球体。

你干吗不放松，去睡个觉呢。

（笔者、石峻山译）

Insomnia

James Sherry

You couldn't lie still before, but that's past.

Don't taunt the peace you've achieved at last

with resolutions. Keep your eyes lowered.

If you can't, pretend to sleep. Daytime will

soon test your strength. Don't boast before you've

had

a good night's rest. Remember some gets up

and some lies down. Any plan can fall

into confusion. Anything can happen

by tomorrow. Every ribbon of grass

comes with a shared root. War is fought. What follow's

unresolved. You don't have to chase each thought,

building forts against doesn't like you

either. Earth's the perfect ball to live on.

Why don't you relax and go to sleep.

黄梵解读:

我和谢里认识有三十年,早年我俩皆推崇语言诗,他是美国的语言诗派诗人,我自诩是中国的。二十年后再相见,诗艺皆发生巨变。语言诗对陌生化的看重,已转为对熟悉事物的重造。谢里的重造,基于环境提供的语境,来改变索绪尔说的所指,我则借助错搭产生的主观意象,来更新所指。谢里用诗谈论的失眠症,实则是一个隐喻,因外部世界的动荡,让个人无法安于睡眠。诗人以反讽的方式,提出了对策:低头或装睡。就是降下过去自己一直坚守的自尊,内心不必再较劲,因为个

人的一切计划，皆会随世界的不确定陷入混乱。诗人索
性劝人躺平，放弃思虑，地球本来就是让生命想活下去
的球体。诗人的苟活建议，自然是对人置身环境的辛辣
讽刺——那个能让人安睡的世界尚未到来。

⑧ 毯子、毛巾、餐巾纸……

伊丽萨·比亚吉尼

毯子、毛巾、餐巾纸，

枕套、桌布、垫子，

我们从这些物品

挖一条沟

自从我不配得到它

且又一次受伤

你只能给收藏品增添面部抽搐

一旦失去屈光度，

你的眼睛就是腐烂的葡萄：

你再也拿不住针了

否则你会刺出一个心形

不再有花，小动物，图案。

这块布盖不住我：

因为我一个人待在床上

肚子里有太多的卵

我是墙，

要塞，坚固的岩石，

新床单的一条沟。

（黄梵、石峻山译）

Blankets, towels, napkins...

Elisa Biagini

Blankets，towels，napkins，

pillowcases，tablecloths，potholders，

we make a trench

from this stuff

since I don't deserve it

and have wounded again

you add a tic to the collection

and lose diopters，

your eyes now rotten grapes：

you're no longer holding the needle

or you'd etch the diagram of my heart

no more flowers, little animals, patterns.

This cloth won't cover me:

because alone in bed

with too many eggs in my belly

I'm a wall,

fort, solid rock,

a ditch of fresh sheets.

黄梵解读:

这是一幅对自己生病在床的绝妙自嘲画像。所谓床上的沟,就是因卧床辗转反侧造成的床单皱褶。诗中的你,仍指的是自己,这样"我"就可以客观地观察床上的"你"。你因为生病,因为内心封闭,你只能给家里的收藏品添堵,比如增添面部抽搐的表情。眼也看不清,如同腐败的葡萄。手也拿不住针,否则会像一台心电仪,记录下"你"的心电图。总之,"你"躺在床上,如同一座要塞,抵御着世界。如此描述下来,读者自然会惊惧,不是"你"病了,而是世界病了,"你"在抵御病态世界的入侵。

11. 如何读一首中国诗

① 这是四点零八分的北京

食　指

这是四点零八分的北京，
一片手的海洋翻动；
这是四点零八分的北京，
一声雄伟的汽笛长鸣。

北京车站高大的建筑，
突然一阵剧烈的抖动。
我双眼吃惊地望着窗外，
不知发生了什么事情。

我的心骤然一阵疼痛，一定是
妈妈缀扣子的针线穿透了心胸。
这时，我的心变成了一只风筝，

风筝的线绳就在妈妈手中。

线绳绷得太紧了，就要扯断了，
我不得不把头探出车厢的窗棂。
直到这时，直到这时候，
我才明白发生了什么事情。

—— 一阵阵告别的声浪，
　　就要卷走车站；
　　北京在我的脚下，
　　已经缓缓地移动。

我再次向北京挥动手臂，
想一把抓住她的衣领，
然后对她大声地叫喊：
永远记着我，妈妈啊北京！

终于抓住了什么东西，
管他是谁的手，不能松，
因为这是我的北京，
这是我的最后的北京。

黄梵解读：

食指的文本并非不可谈。如果把他的诗歌放到新诗的历程中去看，我以为他延续了一个重要的脉络。这个脉络始自胡适，经新月派寻出一条路，再经过戴望舒、何其芳和郭小川的选择，最后进入了食指的诗歌。在这条脉络中，诗人对打破古代格律表现出了某种惶恐，感到需要呼唤出有弹性的新音律。不过在食指的诗中，新月派那要求严格的新格律，被放松为对诗歌音乐旋律和朗诵节奏的追求。在戴望舒和何其芳的诗中，可以寻见它的踪迹。因为戴望舒推动新诗用音乐性来暗示情绪，让这个本来属于法国魏尔伦的东西，在新诗中扎了根。我一直认为这个脉络在当代新诗中缺乏年轻的继承者，食指和黄灿然还在勉强支撑着。他们的诗作体现出重新捕捉音乐的敏感，这是通过音乐来启动潜意识，并向潜意识索要诗意的一种古老方法，因为音乐暗示情绪，往往会在语言之前。我喜欢《这是四点零八分的北京》，不仅仅是因为内容，我很难想象若没有诗作中那独特的音乐旋律、节奏甚至韵脚，它怎么会那么长久地撞击着我的心扉？新诗的音乐性其实极富潜力，因为它包含着我们未知的东西，我当然期待食指之后出现某个继承者。

当然，有人可能会指责，食指的其他诗歌明显逊色于《这是四点零八分的北京》。但我认为问题不在这里，一个诗人不管写得好坏，写是他解决自己问题的道德和责任。与别人要求他不逊色于其代表作，完全是两码事。我仍然坚持一首诗就可以照亮历史的观点，这样的例子不胜枚举。与那些写了无数诗作却没有代表作的诗人相比，我认为食指处于更有利的位置。

② 梅　雨

田　原

梅雨淋不湿垂直落下的梅香

被风吹弯的伞上

结结巴巴的雨滴

渴望着丝绸之旅

梅雨打湿的只是从脚下

消失的地平线。远方

藏起回声的山

仿佛巨大的海绵

贪婪地吸吮着

雨粒、雨粒

树在尽情的沐浴里

让绿更深一层

闷居在天空的太阳

等腻了自己的裸身

在霉菌悄悄蔓延于月亮的背面时

朽木构思着蘑菇的形状

黄梵解读：

梅雨是独属于中日韩的气候现象，这首《梅雨》写于日本。诗中借用了东北亚人对梅雨意象的传统反应，即梅雨季是一段晦暗的日子，人们要与发霉、关节痛、泥泞搏斗。但对诗人来说，再晦暗的梅雨也藏着形形色色的梦和它的意想不到，它不止渴望丝绸之旅，使绿更深，也奈何不了梅香和地平线，即使它催生的霉菌，也意外使朽木逢春，焕发出创造蘑菇的活力。诗人提示放弃一面之词，上天不会恩赐单一景象，竭力让我们体悟事物彼此转化、暗中拥有的智慧。据说日本梅雨天的湿度更甚，这样就能理解为强调被梅雨笼罩的无助，诗人还动用了"渴望""贪婪""等腻""闷居"等词。

③ 河流没有舌头

有个精灵，在风雨中敲打窗檐
有个孩子，为丢失的苹果手机抽泣
有双手，敲打键盘，天空下起犀利的冰雹
有一把刀，在河的对岸，为情人切开片片血橘

打开天窗，我把脸伸进冬至的太阳
我们用维他命 D，扑灭瘢痕瘤的怒火
密西西比河，一半冻结，一半流淌
麋鹿群沿岸奔跑，优雅得让人哭泣

我们到处寻找火种，点亮宇宙
睡眠里招魂，把噩梦挡在门外
河流蜿蜒，汇合，然后分开
盘山小路上，我们总是擦肩而过

白桦林站在雪里，赤身裸体

古老的誓言在空中飞来飞去

海马体被连根拔起

根须交错的记忆，横躺大地

啄木鸟扣击印第安人遗弃的帐篷

冰河如镜，唯有莲花开放

河流不再说话

鱼借着乌鸦的精魂，在冰下游荡

黄梵解读：

2015 年年初，我赴美国佛蒙特中心，与玛格丽特·罗斯合译我的诗时，"发现"了王屏。当时我与遇到的美国作家交谈时，惊讶于无人不知王屏！我先在佛蒙特中心图书室，读到美国杂志上她译的杨键的三首诗，后来去纽约遇到纽约派代表诗人之一帕吉特，他让我知道王屏在美国主流诗坛有牢固的一席之地，这十分罕见！印象中，只有美国华裔诗人李立扬有类似的成就。据说，她年轻时赴美，就以男友眼中的"二年级英语"，赢得了一项大奖——"美国国家艺术诗歌奖"，评委中就有 2020 年获诺贝尔文学奖的格吕克。那年，当我读到她的汉语诗时，再次惊讶不已，或说再次"发现"了王屏。原来她是双语诗人，既是优秀的英语诗人，也是优秀的汉语诗人，汉语诗意在她笔下同样扎了根。这首《河流没有舌头》，有着神奇的杂糅，以不易察觉的方式，把祈祷般的吟唱，前现代的冷抒情，东亚式的意象、审美，与后现代的越界趣味，悬置问题，对遗憾、无常、破碎的坦然接纳等，杂糅得浑然一体，犹如一曲挽歌。"没有舌头"这个主题，既将人类的"我们"，设想为河流不易对话的对象，也设想河流代表的自然，犹如禅宗之佛，它不断抛出"天空下起犀利的冰雹""白桦林站在雪里，赤身裸体""啄木鸟扣击印第安人遗弃的帐篷""冰河如镜""唯有莲花开放"等意象，让"我们"猜出那些偈语。我们真能猜到吗？可能"我们总是擦肩而过"，那些"瘢痕瘤的怒火"，可能正因我们惹起。这首诗以它神奇迷人的意象描述，轻吟浅唱，让我们不知不觉进入反省之境——是啊，人类维系的今天，既隐着明智，也隐着错误。

④ 阳光是有形状的

绿　音

阳光是有形状的

落在草地上是方的

落在花朵上

是花朵的形状

如果落在五角星花上

就是五角星形的

阳光在每一片绿叶上呼吸

有时吸的是氧气

有时吸的是忧伤

如果落在那只迷了路的小鹿上

它会抱住小鹿

如同抱住一个叹息

黄梵解读:

多年前绿音向我约稿时,我并不知道她是我该认真看待其诗的专业诗人,我只是把她构想为美国某诗歌网站勤勉的"采诗官"。直到近些年,偶尔读到她的几首诗,惊诧之余,我又找来她的其他诗,读完便认定,她是海外相当优秀的华语诗人。2020年年底,我暗暗把她列入"海外诗点将录"的候选诗人名单。绿音的诗,很善于把想象植入常见的意象,打开我们观看日常意象的新维度,这样就容易把诗人的人生,投入其中。这首《阳光是有形状的》,乍看标题完全是主观的想象,可是诗中采用自我论证的方式,挖掘出阳光落在草地、花朵、五角星花上的形状"证据",靠似是而非的捏合,产生了迷人的诗意。诗人之所以关注这虚有其表的"证据",实在是为了把阳光人格化,令其成为诗人自我的象征,让诗成为诗人的自况。这样就可以理解,客观上是叶子在叶绿素和阳光的作用下吸二氧化碳,夜间吐出氧气,到了诗中,阳光却成了追逐绿叶、小鹿的猎手角色,它随物赋"形",此"形"不再是上述的可见形状,而是人生不可见的"形"——忧伤、叹息等。绿音开拓日常意象维度的方式,与他人有所不同,他人会关注意象与想象关联时的相似度,但绿音提供的"相似",客观上都似是而非，却同样可以让人心服口服。究其原因，实在是因为，她选择的意象阳光，与阳光要投身的草地、花朵、小鹿等，它们之间的关系既亲密又疏远，可以很灵活地接受人生关系的重新安排，这体现出了诗人的日常沉浸、独到选择和别致眼光。这首诗虽然简约、短小，其内涵却分明担得起绿音近年的代表作。

⑤ 云　层

黄孝阳

我为什么爱你啊，因为
你是我的咽喉。
因为你，我才可能品咂词语与盐。

或者说，你是我的咽喉炎。
使我咳嗽，眩晕，坐立不安。
正因为这些症状，我才知道我还活着，
这个糟糕的世界也从未有一刻遗忘了我。

你是我最好的光阴，

你是微凉的晨曦，

你是只属于我的珍禽异兽，

你是南方天空黄昏时的雨水。

时间轻喊着你的名字，

在你的头顶。云层是一张恍若隔世的唱片。

我翻来覆去地听。

黄梵解读：

"你"不是有名有姓的爱人，是永恒之爱的化身，对渴望爱而不得的诗人，这是他内心永不失敬的一处家园。他用不堪的"咽喉炎"，来写置身渴望中的种种"症状"，不只贴切，也算得上神奇，堪与夏宇用"拔牙"写分手之痛媲美。"云层"是见证的象征，如同记忆，见证诗人跌入单相思中的磨难与"幸福"。这首诗用"你是我的咽喉炎""云层是一张恍若隔世的唱片"等不少神奇意象，阻断了诗人平日好说理的冲动，达到情感与理趣、言说与意味的完美平衡，堪称杰作。

⑥ 海叶集

从水的方向看，海是一棵树

鱼，是海里的风吹动叶

你说你和他风水不合，一个属天

一个属地，一个信教，一个对教水土不服

教为何物我不知，出于孝，你走之后我每夜观天

看星象，二十五年了，很多鱼

飞上天，有些掉下来，有些留驻，双翅合十

最坚定的那一批，合成了北斗星

母亲，如果你低头看我的眼睛，你会看见更多的星

栖息于我的视网膜——它们是一些有痛感的树

黄梵解读：

第一、二行是第一单元，描述了海是树，鱼是树叶这样的生动意象，此意象符合人对海的观看经验。第三行到第八行为第二单元，讲述了母亲与父亲的分歧，因为母亲信教属天，她走后，我便每夜观天看星象，来怀念她，这些星象都是"飞上天"的鱼，最坚定留在天上的鱼，合成了北斗星。第一、二单元，表象上的联系是鱼，第一单元海里的鱼，成为第二单元天上的星象，海里波光粼粼的鱼群，与天上璀璨的星河，有人的视觉经验认可的相似。第二单元对鱼评价甚高，认为是它们升天成了天上的星象，这里巧妙地把鱼写成了贯穿两个单元的隐喻，第一单元的鱼，是曾陪伴母亲的阳界之鱼，母亲走后（诗人特别强调她属天），部分鱼们升天为星象，作为天界的鱼，继续陪伴母亲。第九、十行为第三单元，母亲在天界低头看我，会看见我眼里有更多的星，一些有痛感的树，表示我眼里的世界，已被我的心改变，为大海添加了痛感，为母亲所在的星空添加了光辉。第三单元升华了第一单元的海（树），第二单元升华了第一单元的鱼；第一、三单元还是同一场景的不同视角：我看海（树）与鱼，母亲从我的眼睛看海（树）与鱼（星）。用视角转换，把第一单元的客观海景，引向第三单元含有主观感受的海景。

⑦ 我认出了我的一位父亲

育 邦

我从树上走下来

我认出了我的一位父亲

他阴郁，沉默

口中吐出一朵浑浊的云

我从花中走出来

我认出了我的一位父亲

他污秽不堪，满嘴淤泥

脚踩一片清澈的湖水

我从石头里走出来

我认出了我的一位父亲

他纯洁得呀，让我们羞愧

全身赤裸，双手长满了古老的苔藓

我从人群中走出来

我认出了我的一位父亲

他戴着面具与枷锁

正在表演那出永恒的傩戏

我从火苗中走出来

我认出了我的一位父亲

他提着一桶水

是的，他要浇灭我

黄梵解读：

2000 年育邦与我认识时，已是里尔克的虔诚信徒，所以，沉思一开始就成为他诗的一个中心。里尔克所说的经验，在育邦诗中的显现，则花了更长时间。这首诗可谓得到了沉思与经验的双重恩赐，并以超验的方式，使之化为神奇之境，成就了一首难得佳作。"我的一位父亲"，这一复数的提示，指向历史、自然、社会的集体，"我"不只有生物学上的父亲，"我"还有历史、自然、社会的父亲。用我《新诗 50 条》中的话说，即"正是诗歌的历史，让个人变成集体"。这一伦理认识，使一切大小炼狱成为诗人内心的日常和导师，这也是

"父亲"的隐喻。即"父亲"隐身于微不足道的苟且日常,美丽或阴郁的自然,被束缚的人群,我惹事的生活,时时处处给予我启示。这首诗的神奇之处,还在于用超验召唤出了那些非生物学的父亲,当诗人从花、石头、火苗等不可能孕育人的事物中走出,他已能用物的眼光重新看待"父亲",我和"父亲"的关系不只靠血脉,还有通向四面八方的历史、自然、社会之路。这首看似简单的诗,内在深邃、意味无穷。

⑧ 小耳朵

鸿 鸿

我的耳朵旁边,还有一个小耳朵
不是让我听进更多闲言,或更多道理
而是帮我挡住那些风声
让我唱歌的时候,不会走音

我的舌头下面,还有一根小舌头
不是让我品尝更多美味,或吐更多苦水
而是让我接吻时,可以秘密交换

更多真心

我的心里头，还有一颗心
不是让我耍更多心机，或更花心
而是让我的心死去时
有另一个机会，可以继续活

黄梵解读：

诗人鸿鸿是杨德昌电影《牯岭街少年杀人事件》的编剧，大概对影像和诗的双重敏感，他也成为台湾影像诗的缔造者。十多年前，我邀他来先锋书店展示影像诗的面貌，诗与影像的配合确实令人惊艳。这首诗与育邦的《我认出了我的一位父亲》一样，皆用了超验的手法。期盼耳朵边长耳朵、舌头下长舌头、心里长心，这一脱离经验的幻想，实则是不想接受现实的规划。诗人渴望天籁、真心、永恒，选择站在不可能的事物一边，也揭开了人类文化的表皮，让我们看到人类处处受制于自己创造的繁华，而诗人才有勇气回到"穷困潦倒"的本真和初衷。

12 新诗民族性的苏醒

面对一条海峡造成的乡愁，其实两岸的人都在默默等待，都希望有人能帮他们道出心中的哀愁：无数家庭就像左右手一样被分开，但似乎永远无望重新握在一起；两百万背井离乡的大陆人，成了台湾社会中的外省人；同一种语言、文化和传统，因为一条海峡的分隔，被赋予截然不同的含义，甚至命运……乡愁就像梦，不厌其烦，要代代找到为它开口说话的人。余光中之前，古有《诗经·小雅·采薇》中的"昔我往矣，杨柳依依；今我来思，雨雪霏霏"，来为乡愁谱写挽歌，有元人马致远的小令《天净沙·秋思》，把乡愁表达成"断肠人在天涯"的哀伤；今有1960年的林海音，用小说《城南旧事》强调一个台湾人对北京的思念，更有1965年至1971年的白先勇，他用十四篇《台北人》系列小说，来喻示台北外省人精神绝望背后的上海家园，它似乎成了台北"外省人生活"的精神解毒剂。有趣的是，当代作家用小说表达的乡愁，固然已经引起大家的钦佩和注意，但人们依然期待更有文字效率的表达，似乎人们内心积蓄的乡愁，无法被小说耗尽，仍期待被一首诗更浓缩地表达，不然，那会意味着汉语的失败，而不是乡愁的失败，直到1972年的余光中写出短诗《乡愁》为止……

70年代的余光中，正处于个人西化主张的强弩之末，等待在80年代开口提醒人们，去用新诗唤醒沉睡在中国古代的审美情趣。50年代他与覃子豪等创建蓝星诗社时，是他西化主张的开端。重要的是，蓝星诗社自视为"新月"的继承者，他们费尽心力继承的"西化"，实际是西诗格律体与自由体的混合。就是说，他们认为诗歌的声音和形式必须受到某种约束，只有意象或隐喻的使用是自由的，体现出对现代主义的尊崇。我们容易看出，《乡愁》有新月主张的"稳定"形式，明显吸收了闻一多的"音尺"主张。音尺是闻一多用来计算诗句节拍的单位，大致相当于西方格律诗中的音步。比如，《乡愁》中每节对应的诗句，音尺的数量完全一致。每节首句"小时候""长大后""后来呵""而现在"，都是音尺数量为二的句子："小/时候""长大/后""后来/呵""而/现在"。同理，"乡愁是一枚小小的邮票"，是音尺数量为五的句子："乡愁/是/一枚/小小的/

邮票"。"我在这头""母亲在那头"，是音尺数量为三的句子："我/在/这头""母亲/在/那头"。诗中四节的音尺数量（按行计算），分别都是二、五、三、三。通过追求节与节音尺数量的工整、对称，余光中实现了闻一多的"建筑美""音乐美"要求的整齐化、规律化。不过余光中作为蓝星成员，显然放弃了闻一多在《死水》中的刻板做法，即在同一节中追求诗句音尺数量，甚至字数的相同。相反，余光中给予首节完全自由的安排，转而让第二、三、四节受控于首节，令节中各行的音尺数量，甚至字数，全部向首节看齐。其实这也是古代《诗经》中不少诗篇的选择，《诗经·郑风》中的某些诗篇，同一节诗句的字数并不完全相同。比如，《郑风·缁衣》中的首节："缁衣之宜兮，敝，予又改为兮。适子之馆兮，还，予授子之粲兮。"各行字数分别为五、六、五、七，《缁衣》中的第二、三节各行字数，保持了与首节的完全一致。由此可以窥见，这种安排之所以受到《诗经》和蓝星成员的青睐，是因为古体诗在诗经时代以及新诗在当代，都面临着骑虎难下的相似局面。作为民歌的《诗经》，为了易于传诵，必须在散文化与声音的规律化之间作出选择。通读《诗经》可以发现，除了四字诗基本（不是全部）完成了刻板的规律化（追求各句字数相同），其实作者无法控制各句字数破四的挣扎，明显见于不少诗篇中。当新诗用类似的想法来处理诗句，因为白话词汇的字数更不可控，可以看出这种挣扎会更加强烈和痛苦。我们由此触及余光中与闻一多的差别，甚至蓝星与新月的差别。闻一多和新月成员表现出了实现整齐诗行的急切，他们差不多是用谋杀诗句的方式，来切出整齐划一的诗行，他们由此遭后人诟病。他们切掉的不只是诗行，他们切掉的也是某些思想，因为宽以待词，实质是宽以待思。

余光中作为蓝星成员，似乎有意把诗句的规律化，与思想的弹性、意象的亲和力结合起来，避免诗句受到过度整齐的戕害。同时我们也要意识到，哪怕是所谓的自由体，与讲究的格律体也只有相对的差别。自由体压根就没有真正自由过，它也有属于自己的"形式"，只不过一般人难以直接用眼睛辨认出来。余光中拒绝闻一多那样的刻板重复，也拒绝自由体的复杂"形式"（要更细心才能发现它的重复模式），恰好体现了他作为蓝星主力的追求，即他更多以诗句内在的效果来考察音效，从而比新月更靠近现代主义。比如，"乡愁是一枚小小的邮票"，他选择的是现代主义"什么是什么"的常见范式。现代主义之前，常见的比喻范式是"什么像什么",这种范式力图让读者觉察到两个事物相似的特质。"女人像花"强调的相似特质是美丽,"我拥抱着白桦树,就像拥抱着别人的妻子"(叶赛宁),暗示的相似特质是熟悉中的新鲜感、陌生感。"什么是什么"则不把注意力只放在暗示相似特质上,它甚至可以异想天开把两个不相干的事物,强行混搭在一起,利用我们的联想,从而产生诸多歧义。兰波的"U,是天体的周期"(《元音》),是这种混搭范式的开端。U 本是声音,被强行与视觉上的"天体的周期"等同,从而令我们对 U 的声音多了视觉联想,也令我们对"天体的周期"多了声音联想,这就是所谓通感的来源,即在现代诗中,听觉、视觉、触觉等可以相互转化。可以说,没有"什么是什么"的范式,就不可能有通感的产生,毕竟强调相似特质的"什么像什么",无法同时容纳听觉和视觉等。当然,"什么是什么"的范式,同样可以如"什么像什么"一样,用来暗示相似特质,但不必如后者那样,非得令人一眼看出两个事物的相似(这是"什么像什么"产生比喻的前提),从而扩大了选择相似特质的事物范围。可以设想,如果把《乡愁》中的"乡愁是……邮票""乡愁是……船票""乡愁是……坟墓""乡愁是……海峡",改为"乡愁像……邮票""乡愁像……船票""乡愁像……坟墓""乡愁像……海峡",由于"像"会迫使我们寻找"乡愁"与"邮票""船票""坟墓""海峡"的共同点,会把我们的思绪引向揣摩"乡愁"与"邮票"等的相似之处,这样就中断了"乡愁是邮票"等带来的异质含义与诗意延伸。当使用"什么像什么"的范式,读者因无法一眼看出"乡愁"与"邮票"等的相似,便会觉得诗句别扭,一时难以认同。由于每节最后两行,"我在这头/母亲在那头""我在这头/新娘在那头""我在外头/母亲在里头""我在这头/大陆在那头",不是用来描述"乡愁"与"邮票"等的相似,而是对"邮票""船票""坟墓""海峡"的情景描述;"邮票"对应的情景是"我在这头/母亲在那头","船票"对应的情景是"我在这头/新娘在那头","坟墓"对应的情景是"我在外头/母亲在里头","海峡"对应的情景是"我在这头/大陆在那头";情景描述旨在深化扩展我们对"邮票""船票""坟墓""海峡"的感觉,并没有劝说我们去寻找它们与"乡愁"的相似。这样,当我们读到每节第二句,乡愁是邮票、是船票、是坟墓、是海峡的陈述,陈述本身会先迫使我们接受"乡愁是邮票"等的"事实",我们内心那种寻求相似的警觉会先被陈述捻灭。"乡愁是邮票"的陈述,尽管会产生诸多歧义，由于"什么是什么"的范式，没有只为相似服务的义务，我们获得自主联想时，就会先接受陈述，同时期待接踵而来的诗句，通过拓展其含义，来令我们信服、认同。由此我们触及《乡愁》的秘密，说起来甚至非常简单：作者只需先找到与个人生活相关的几个意象，如"邮票""船票""坟墓""海峡"，再找到意象对应的情景描述（这不难完成），最后考虑用什么情绪或感情把上述意象勾连起来，以达到相互说明和映衬；因作者是用强力陈述"什么是什么"来勾连，就不必考虑情绪或感情与"邮票"等意象的相似点，比如，我们甚至可以试着用"爱"来替换诗中的"乡愁"，诗歌依然成立。所以，《乡愁》的难点既不在意象的寻找和对应情景的描述，也不在能否找到情绪或感情勾连意象，这样就回到了文章开头提示的乡愁背景。

乡愁背景不是余光中可以自主挑选的，那是历史派给他的一种情绪，这就意味着《乡愁》的写作是一次性的，它是两岸的分歧拉到满弓时激发的写作（这也是它引发普遍反响的重要原因），如今已难以复制。或者说，当有一天海峡不再是观念分界线，"乡愁是一湾浅浅的海峡/我在这头/大陆在那头"，又会在读者心里激起怎样的感受呢？最后一节有无被后人当作个人情绪的危险？最后一节会不会与前三节一样，被后人当作家庭乡愁的体现？或像李煜的词那样，靠着"雕栏玉砌应犹在，只是朱颜改。问君能有几多愁，恰似一江春水向东流"，令后人继续赞叹他把个人与天下合二为一的出奇表达？毕竟他的情绪里含着一笔勾销的惨痛，而当年海峡两岸的对峙，则保存着一份侥幸……

13. 新诗呼唤中西融合的诗学

　　如果整体看两岸新诗，洛夫晚年所致力的唐诗新写，可以看作台湾70年代中西合璧思想的一个延伸。比如，与余光中等台湾诗人在六七十年代的转向，有一脉相承的关系。余光中在诗风最西化的50年代，由于他背靠的蓝星诗社，其真意是要继承新月派诗歌，这种基因奠定了蓝星不会永远满足于对西方诗学的简单移植，因为新月派一开始就对自由诗表示怀疑，他们固然是通过学习西方格律来平衡内心的担忧，但他们不经意开始了新诗的汉化努力。闻一多通过在汉语中建立"音尺"概念，来模拟英语中的音步，表面上"音尺"是西化的成果，但其实超越了英语特性，回到了东方的汉语特性。比如，闻一多把"绝望的""死水""织一层""泼你的"等，都视为一个音尺，若搁在英语里，显然行不通，因为"死水""织一层""泼你的"，按英语标准均无重音，英语音步必须包含一个重音。我认为，汉语中最接近英语重音的字，是第四声字，但闻一多没有进行如

147

此机械的照搬，他去除了音步里的重音概念，转而借助现代汉语特性，建立起白话的基本诵读单元——音尺。闻一多通过对西方诗学的寻觅，却回到了汉语自身的审美特性，这些不可能不对蓝星成员产生影响。所以，我认为，新月派、蓝星诗社及余光中、洛夫等，这些构成了逐渐体认东方的诗学历程，不再顺从西方诗学的历史线索，这是穆旦及其诗学子嗣们所难以想象的。

西方 20 世纪的诗学资源，带着大陆两代诗人走过了朦胧诗的现代主义、第三代的后现代主义、90 年代诗歌的生活化等，一旦渡过便捷的横向移植期，西方现代诗资源便显得捉襟见肘，事实上已被现代汉诗耗尽，其虚弱的外在表现已初见端倪：一些诗人开始回头炒西方 20 世纪的诗歌冷饭，比如，提倡反意义、反意象，甚至反诗歌的诗，试图通过美学虚无主义，达到震惊读者的效果。殊不知，这些不过是西方百年前达达主义诗歌的滥觞，美学虚无恰恰令达达只留下了流派声名，没有留下像样的作品。反对一切导致的美学虚无，也暴露了他们对人性的无知，若忘了美学必须立于人性，忘了诗歌在于平衡现实的诸多复杂意义，那么再震撼的实验冲动，最终也会被后人抛弃。幸好一种新的东方意识，或许在台湾新诗不断输入的砥砺、启发下，铁树一般慢慢在大陆生长起来。80 年代柏桦的《在清朝》等、王家新的《中国画》组诗，90 年代中期杨健、庞培诗中崛起的东方意识，我写于 1996 年的《印象》《齐云山》，并用诗序提出的诗学东方化、"九宁"主张等，以及新世纪以来大陆越来越显形的东方诗学潜流，这些都把新诗带到了东西诗学的交汇点：民族诗学自主意识的崛起，与已成为新诗基调的西方现代意识。我认为，与七八十年代的现实激活了当时诗人对西方的想象和认同一样，90 年代尤其新世纪以来的现实，同样激活了当下诗人对东方的想象和认同，这开始构成了一些新的诗歌元素，比如，东方意象，抒情性的回归，对偶的利用，音乐性的安排，隐士文化的重现，诗中谦虚、独特，甚至孤独的个人声音，等等。这历经了三十年的完整历程，不过复现了中国古代文化中的既有逻辑，这种逻辑极容易从佛教或胡曲入华的历程中察觉。比如，当佛教趁着魏晋乱世传入华夏时，印度佛像的男性特征和脸庞的希腊特性（公元前 4 世纪希腊马其顿王亚历山大东征印度，印度佛教造像曾受希腊影响），都完好地保存于新疆的库木吐喇石窟壁画、山西大同的云冈石窟雕塑，而接下来位于洛阳的龙门石窟，则提供了佛像女性化的汉化历程，唐代将其汉化努力普及和完成。至今莫高窟第 194 窟，尚存有男女双性的佛像：女性外貌加男性胡须。这尊佛像体现了佛祖性别由男性向女性过渡的汉化努力。就是说外国事物入华，刚开始总有一个肆无忌惮的直接模仿期，接着民族审美习性开始被激活，入华事物不得不改变其美学，循着汉化逻辑脱胎换骨，直至衍变到看上去仿佛本来就是中国的事物。就连明朝末年入华的辣椒，同样也遵从这种逻辑，当川菜在国内纵横驰骋时，没人会觉察到它的外国血统，川菜提供的辣椒美学早已彻底汉化，完全不同于印度菜或德国菜对辣椒特性的理解和利用。再比如，构成了宋词源头的唐人燕乐，所谓"胡夷里巷之曲"，就是胡乐与中国南方清商乐的复杂融合，学者杨荫浏总结为"含胡乐成分的清乐，含清乐成分的胡乐"。胡乐此前曾独行于梁代，那是它作为一种新声，全盘被接受的时期。我个人认为，构成中国文化的这种逻辑，同样会对新诗的外国血统进行类似的汉化改造，这意味着将出现一个更合理的新诗审美疆域，即从对西方新诗诗学传统的简单好奇，转变为对民族自身微妙人性和审美的复杂探求。不管我们如何想讨好"现代诗"这个概念，新诗的民族化是一个必然，新诗杂糅的底色，终将根植于中国的人性和审美观。

现代化浪潮，固然使东西方的生活方式日益趋同，但仔细甄别仍会发现，现代东北亚地区（中国台湾、大陆、日本、韩国）的人性和审美倾向，依旧保有与西方有别的自主性。比如，东北亚人对夜市、人群、人际的依赖，对长短句、篇幅大小、色彩、款式、招牌使用、生活起居的不同好恶，对宗教、信念的世俗态度，等等，这些都提示我们，西式事物带来的新鲜感难以持久，西方现代诗观念提供的大餐吃完后，它独霸大陆诗坛的时代终将过去，或者说，已经开始过去。西方诗学腾出的部分空间，自然将被中国古代诗学和新的民族诗学瓜分。这里我想强调，我不是狭隘的民族主义者，不是那种自命为中华文化将取代世界文化的蛮横者。中华文化确曾提供过两次机会（南宋、晚明），可以令古代中国跃入现代，提供过无数令同期西方望尘莫及的文艺观念，但就现状而言，我们正处于文化的野蛮期。实际上，就读懂东西方文化而言，我们体现的耐心不够，我们总是倾向用已经"西化"的头脑，来议论和建设当下的文化，比如，城市中随处可见的西式广场，从根性来讲，徒搬形式却丢其公共意识的灵魂。吊诡的是，我们的城市并没有什么东方灵魂可以注入其中。"西化"是比较客气的说法，其实我们竭力抓住的，只是一鳞半爪的西方，被我们的追赶意识扭曲的西方，没有察觉到，当代西方已有了中国古代社会的若干特点。比如，礼仪的周全，对亲情的重视，知识分子的刚直不阿，城乡二元旧貌，渐渐让位于城乡一元新风，禅修和隐士文化的兴起，英语时态正在简化，等等。这些都表明，我们处于误解东方又未懂西方的匆忙期，既未继承东方，又未把西方学到家。越是此时，诗越应该扮演先知先觉的文化角色，由此我期待诞生一种中西融合的新诗学，它能把最纠结、最有生气的现代意识，与写得合乎民族审美观结合起来，而不是直接移植极端或差强人意的西学观念，比如，反意象、反诗歌、反意义等等，催生出真正撼动人心的杰作。它构建时，不以服务当下时代的审美观为己任，将致力于洞察能被各个时代都视为合格的诗歌审美共性。

考虑到诗学的成熟总是晚于诗歌的嗅觉，比如梁代钟嵘用《诗品》总结四言诗和五言诗成就时，贡献出了陶渊明的五言诗；当宋代的黄庭坚等发表词论时，词已在诗史中滑翔了数百年；当晚明末年伟大的评论家金圣叹隆重登场时，经典小说《金瓶梅》《水浒传》已经诞生，金圣叹的点评正如宇文所安所说，解决了文人对这类小说社会地位的焦虑问题。上述实例似乎也印证了西方学界的一个看法，即作品繁盛的时期，评论往往贫瘠，评论繁盛的时期，作品往往贫瘠。凡此种种，令我不敢奢望新诗学能成熟于当下，毕竟当下新诗因其东西文化基因的激烈碰撞，处于剧烈变异的繁忙期，诗学成长尚无构建的全部作品依据。目前凡能构建的诗学，与其说是具备衡量能力的诗学体系，不如说是为某类诗辩护的一套说辞。新诗学的完全成熟，肯定得等新诗的草创期结束。我们这一代有能力完结新诗的草创期吗？有能力使新诗因其自身的魅力而流传、伟大，而不是单靠阐释才变得伟大吗？这不是一个小抱负，大得有点沉重，但又恰逢其时，台湾的诗人们（包括余光中、洛夫等）为此已经贡献了他们的新诗学和新创作，这些都将汇入大陆新世纪崛起的新诗自主意识中。

好的诗观固然有助于察觉到诗史的疏忽，比如，梁代萧统和宋代苏轼对陶渊明的重新发现，海德格尔对荷尔德林的阐释，西方现代诗群对狄金森作为先驱的重新挖掘等，但我们也应该充分认识到诗学的局限。比如，陶渊明曾屈居钟嵘《诗品》中的中品，因时人推重律诗诗学，导致杜甫当时远不及大历诗人有影响。这些诗学的疏失，不能简单解释为诗学的滞后，这涉及人们能否觉察到诗歌的本质。诗意的历史乍看变动不居，实则暗含着延绵不绝的本质。我个人的观察是，诗意来自熟悉中的陌生。"熟悉"等同古诗中的韵律、对仗形式，新诗中的常规表达、句式，"陌生"等同古诗和新诗中意象、语言、意味的不确定性。也就是说，诗中的规律既不能过分熟稔，又不能因过分动荡，只留下一爪难以索解的鸿印，好的诗歌恰恰是和谐与不和谐的微妙平衡，规律与变化的相互制约、妥协。因为诗意工作在人的意识领地，必会暴露出人性的常态：人喜新厌旧，渴望超越常态，又恐惧落入不测的深渊，而竭力避免完全的陌生、彻底的不确定。大历诗学因过于强调熟稔的律诗法则，自然欣赏不了杜甫诗中由不确定造就的奇观。胡适的《尝试集》和李金发的《微雨》，恰好居于相反两极，前者少陌生，后者少熟悉。所以，诗学要想不被诗人的声名、地位蒙蔽眼睛，要想成为好诗的守护神，必须尝试与人性取得一致，或者说，诗学必须读懂人性的奥妙，理解诗歌之所以要创造无穷无尽的意味，不只为了玩一套语言游戏，不是为了让读者索解各种智力难题，而是为了应和人们对情感、认识、审美、自我、表达意识萌动的需要，诗歌实实在在是令读者移情、扩展自我的战场，一部诗歌史也是一部人性史。就连观看一场纯粹是游戏的足球比赛，观者投入的依然是情感、激情和审美，踢法和足球规则不过是人们借来移情、确认自我的工具。读者之所以对陶潜的诗感到亲切，对由清谈造就的玄言诗感到阻隔，不是因为语言本身，语言只是表征，读者恰恰能透过语言，认同陶潜的直接经验和情感，认同他对自我、理想、孤独的个性化描绘，而玄言诗全力揭示的哲理，令读者感受不到生命的脉动、情感的起伏，更谈不上令读者移情投入。中外诗史上的每一次反拨，乍看都来自对语言的不满，要么是对修辞滥觞的反动，要么是对语言质直的反动，其实暗中的驱动力，都来自对生命被语言遮蔽的担忧，诗人期待回归生命的本真状态，令诗歌重新出发。比如，庞德们通过反对此前的风雅派诗歌，创造了现代诗；金斯堡们通过对威廉斯诗歌的膜拜，借用其具象诗学，给自己的诗注入了激情和强大的生命律动，避开了艾略特诗歌的非个人化和晦涩。即使唐代提倡"以文为诗"的欧阳修们，他们的矫枉过正，也是为了抵御西昆体的侈靡浮华和贾岛派的因袭律诗。当然，对语言质直的反动，若不小心过头，也会滑向侈靡。比如，为反对质木无文的前期诗歌，东晋主流诗歌开始追求文学藻饰。新诗的诞生也极类似于欧阳修们的矫枉过正，"以文为诗"的确令新诗有了前所未有的表现力和新颖性，有了大量西式说理的偏好，现代和后现代诗学的植入，有时令其新颖、有趣、深刻，有时令其怪诞、晦涩、侈靡，但这个崭新的开端，也并不意味着新诗的成熟，如同欧阳修们创造的说理，即使被苏轼用大量生动的比喻美化、柔化，说理仍被后人视为宋诗低于唐诗的根源。

我们这一代作为中西融合的后来者（与台湾省相比），必将对新诗学的形成有更多的提示和创作上的启发。这里，我不是要求新诗学变成古代诗学的附庸，而是力图适应原本就流淌在我们血液中的东方审美情趣。当下已有不少诗人开始用中国古代事物或修辞来构造东方意象，但我认为，东方意象中的"东方"，不只是书本或现实中的东方事物，更是能长久吸引我们的东方审美方式。比如，东方人对诗中说理的忌惮，对准确和清晰意象的追求，对抒情的永恒热情，对藻饰的不信任，对诗歌个人化的眷恋，等等。新诗作为拥有外来血统的诗体（自由体和现代性），如同历史上的胡曲入华，激起过丰富多彩的汉化努力，从而产生符合东方审美情趣的歌行、乐府和词曲等，如同佛教入华之后的佛理故事，因重塑中国传奇叙事传统而产生短篇小说、长篇小说（小说的诞生，比西方早很多年），上述这些思考和东方的现实环境，必将重塑我们关于现代诗的概念。

14. 新诗的古典色与玩世调性

梁平让不同时代的名媛，传说的和事实的人物，汇聚一堂，试图用诗勾勒出她们共有的道德形象：只要爱人召唤，就愿意始终在场；因为气节在身，也会视死如归；才情除了让她们名世，也成为融入生活的障碍……这些女子命运多舛，就算马湘兰可以终老，也无法把自己移入王稚登的生活，所以，后人的叹息和不平，就成为这组诗的基调。我把梁平诗集《时间笔记》中的第三辑"天高地厚"视为这组诗的前奏，原因容我慢慢道来。"天高地厚"中的诗要么是地理诗，要么是人物诗，当诗人不空对空地谈自己，而是找到打动自己的地理或人物，谈自己置身其中或与之交往的体悟，因为诗人要"分心"给谈论的对象，要尊重对象的客观样貌，这样诗人的"主观臆想"就会先俯就地理或人物的客观，担负起描述的功能，之后才能"嚣张"起来。这样一来，诗人的主观狂想，与地理或人物的客观样貌，两者的合二为一，就导致了特殊的言说时机：诗人的自我被地理或人物的客观限制，同时，地理或人物又被诗人的自我改写，两者均发挥有度，不致与自己背道而驰。比如，诗人在《谒李太白墓》中写道："幻觉越来越多的著名和大师，/在这里不过就是一粒微尘。/我双手合十环绕一周，/看见身后那些自贴的标签，/被风吹落。"因为李白的强大存在，诗人甚至产生了自己无足轻重的自省意识，通过遥远的唐代诗人，来收敛当代诗人的自我。再看《衡山遇大岳法师》中的诗句："我不敢在山上说我的花甲，/与福严寺大岳法师品茗/说银杏的福报与年轮。"诗人自愿降低身段，让自己诚服于南岳的高寿，法师的法力把谨慎起来的言说，投向融入了体悟的客观之物，使之看起来让人讶异，"满院子的落叶睁着眼睛，/比阳光更闪亮更犀利地扫描，/我没有手足无措"（《衡山遇大岳法师》）。仿佛客观之物不再客观，已留下自我的主观烙印，"已故的斯大林大街，/把所有的楼房切成魔方，/每个格都在翻转漫长的夜"（《长春短秋》）。

回到这组新作《白与黑不是颜色》，诗中固然少了"天高地厚"中的"我"，但那个与客观之物融合的自我，并未消失，只是带着几分静观，隐身在诗句背后，主客观相互的迁就，仍然一脉相承。当然"我"的消失，还是让自我在诗句中，显现出了退后几步的低姿态，像是小说中隐在人物背后的叙述者，一旦退出读者的视线，诗人的讲述就获得了便利的全知视角。不管诗人是否有意为之，这些都表明，要在抒情诗中纳入叙事，改换腔调是途径之一。诗人之"我"的己见和评述，就这样"冷却"在全知的叙述中，看似不动声色。比如，"西泠桥畔，有人长辞，/有人回来，过错是错过"（《苏小小》），镶嵌在全知叙述中的"过错是错过"，貌似来自上天之言，实则诗人用此法，把人道乔装成了天道；再比如，"即便是孤独终老，手还留有余香"（《马湘兰》），建立在同情之上的"手还留有余香"，完全是诗人的主观想象，是诗人给马湘兰定调的己见，却颇让人信服，以为是老年马湘兰的客观属性；诗人还把自己读史的评述，混入看似客观的讲述，"一个女人，结束一个短命的王朝"（《陈圆圆》），王朝的结束，不会只有一个原因，但诗人对陈圆圆命运的铺陈，有移花接木之效，令读者信服诗中提供的因果律。因果律本是人间的造物，历史学家会竭力让人以为，他们用史料建立的因果律无懈可击，但诗人更愿意用才情德貌来重建历史的因果律，这正是诗歌思维的旁逸斜出，梁平颇擅长此道。

乍看梁平把《苏小小》置于组诗之首，似乎是依声名或喜好排序，实则给组诗的抒情与叙事定了调子。苏小小作为一个可能是杜撰的人物，因为历代文人的重构，众人纷纷把藏在内心的惜玉和命运之想赋予她，令她成了才情德貌与命运相悖的象征。如果没有相悖带来的惋惜和哀叹，文学讴歌就难以展开。摆到组诗之首的苏小小，实则提示组诗中另外七位美丽的女子，她们的才情德貌同样与命运相悖。即使是投河时，被钱谦益一把拉回的柳如是，最后也免不了悬梁自尽，以阻吓恶人。组诗的择人表明，诗人迷恋古典的悲剧美学，试图将之与现代诗融为一体。古典悲剧美学的要义，在人物本身已含有命运的基因，一则欲使人摆脱社会"宿命"，二则发现社会"宿命"又难以超越，性格只能徒劳地与"宿命"博弈。比如，苏小小难敌社会门第之见，柳如是难测亲人乡人的晦暗之心，董小宛拗不过时代和生活无常，鱼玄机困于心之妒忌，马湘兰化不开意中人的功名念，李师师走不出时代之变，陈圆圆挽不回喜新厌旧之心，杜秋娘安命于宫廷之变的阴影。现代诗本质上是把主观置于中心，为了将其触须伸进古典悲剧美学，就必须采纳貌似客观或克制的讲述，诗中"我"的消失，只是让两者融合的策略，诗人仍会像在"天高地厚"中那样，让这些悲剧人物的客观"史实"，被诗人的主观改变。这时，庄重、收敛的语言勾勒，近似古典风的修辞，着实能把现代诗的主观伪装起来，让人以为在读"史实"，不知不觉就接纳了诗人的主观畅想。比如，"风尘也有洁癖，/守身的玉，被西湖典藏"（《苏小小》），"秦淮河上的柳，/如烟、如剑，在明清易代的风雨里飘摇，/褪去了胭脂"（《柳如是》），"抚琴的玉指洗刷了秦淮河的艳词，/干干净净"（《董小宛》），等等。我最关心，诗人是如何用意象巧妙达到这一点的。我在《意象的帝国：诗的写作课》一书中，把意象分成主观意象和客观意象，主观意象是现实中不存在的意象，必须靠想象才能在脑中创造出来。比如，"我在太阳上行走"，就是一个主观意象。相反，客观意象是现实中可能存在的意象。比如，"我在地球上行走"，就是一个客观意象。正如前面说过的，"我"的退出，转而求助全知视角，为古典的"客观"白描提供了勾勒的时机。但是完全客观的白描，并不适合以白话为基础的现代诗，因为扬弃了格律形式的现代诗，如果完全仰仗客观意象，很难维持足够的诗意，诗作会陷入单薄、浅显、枯燥，有效的解决之道，就是启用主观意象。主观意象有让诗意浓烈的功效，而维持一首诗作合度的诗意，是诗作的耐久之道。以此观察梁平的组诗，诗人的讲述之道就一目了然。上面列出的三句诗，"风尘也有洁癖……"

"秦淮河上的柳，／如烟、如剑……" "抚琴的玉指洗刷了秦淮河的艳词……" 均为主观意象。组诗中，这类的主观意象俯拾即是，它们是支撑组诗诗意的台柱。

帘卷的孤独让西湖水涨高三尺。

（《苏小小》）

指缝漏掉的风欠了账，一枝鲜花落泥淖。

（《鱼玄机》）

风言风语，混搭成不伦不类的外套。

（《李师师》）

烟花女子随身携带的哭哭啼啼，
早已折叠。只言片语直击闯王痛点，
居然完好无损走出弥漫的硝烟，
一个女人，结束一个短命的王朝。

（《陈圆圆》）

床榻上花开花落二十四节气。
时间流水而过，那一支小曲，

曲牌未改，激越与婉转，

都爬上了枝头。

（《杜秋娘》）

组诗中也有不少客观意象，乍看是为了勾勒"史实"，但用诗句再说一遍的意义在哪里呢？只要观察它们通向哪里，就能了然这些客观意象的作用。比如，《苏小小》最后一节：

落花与流水一带而过。子规在枝头休眠，

病榻上看窗外流云，支离破碎，

帘卷的孤独让西湖水涨高三尺。

雨一直在下，西泠桥畔，有人长辞，

有人回来，过错是错过。

前两行的客观意象，实则是主观意象"帘卷的孤独让西湖水涨高三尺"的引言和铺垫，子规休眠，人看流云的破碎，呼求着一个更大生命感悟的出现，如同戏剧中对一个高潮的呼求。从诗意上说，最后一节的前三行，固然起到交代命运的作用，但貌似"史官"的客观议论和客观意象，对诗意的增益不足以让诗人满意，必

163

须通过某句诗把整节诗意提升到有蛊惑力的高度。这时，主观意象"帘卷的孤独让西湖水涨高三尺"，就如同整节诗的真命天子，用它的浓烈诗意，起驾驰援，让整节诗有了令人满意的"平均"诗意。最后两行的客观意象"雨一直在下，西泠桥畔，有人长辞，/有人回来"，则朝向格言"过错是错过"，格言起着"合"（起承转合）的作用，客观意象作为奔向"合"的过渡，属于高潮之后必要的诗意下降，以便为"合"结束产生的言外之意，腾出必要的联想空间。再比如，客观意象最多的《董小宛》中，诗人把仅有的两个主观意象，分别置于首尾，以诗意浓烈的"抚琴的玉指洗刷了秦淮河的艳词"，标明她的品格作为起始，以主观意象"鲜血改写了身世"，浓缩她的命运之殇，作为诗的终结。诗人完全用客观意象和议论作为连接起点和终点的桥段，负责完成才情德貌之高矣与命运渐入悲凉的对比，令前后两个主观意象内涵的相悖，具有可感知的合情合理。当然，诗人本能地知道，连续调用大量客观意象和议论写诗时，只有收敛和跳跃的文体，才会为诗意辩护，不让人觉得是分行的散文，这一任务梁平完成得颇为出色，他不止在人物身上施展古典美学，也在文体上尝试之。比如，"落魄的鲍仁赶考路过，红袖落银，/只留下一个顾盼。与阮郁倒是一见倾心，/休止的弦歌，凄楚、哽咽"，"红颜薄得要命，风月场的痴情，/落花与流水一带而过。子规在枝头休眠，/病榻上看窗外流云，支离破碎"（《苏小小》），他的诗句明显接受了古词的节奏暗示，只是在转成白话的节奏时，要让客观意象或议论拥有文体收敛带来的诗意，对一般人是难的。只有读者感觉到，线性讲述中含有巧妙的缝隙，造成了略带陌生感的跳跃，客观意象或议论的诗意，才会悄然从读者心底涌出。具体来说，上引的例句中，几乎每个标点符号，都代表着大小不同的缝隙和跳跃，实质是产生新鲜感的轻度陌生化。比如，"赶考路过"与"红袖落银"之间，"一见倾心"与"休止的弦歌"之间，"红颜薄得要命"与"风月场的痴情"之间，等等，颇似南宋古画中的留白，需要读者自己用联想填充，阅读到"缝隙"时的这一"迟疑"，是产生诗歌意味的心理基础。

旧诗词中的诗眼词眼，也在这组诗中得到充分借鉴，我这里不全部列出，只举几例，"过错是错过"（《苏小小》），"鲜血改写了身世"（《董小宛》），"即便是孤独终老，手还留有余香"（《马湘兰》），"师师回眸，还是那盏青灯"（《李师师》）。梁平设置的诗眼，试图超越历史表述，回到令个体揪心的人性表述，一旦把历史重建在人性之上，诗人描述的历史事件，就成了一个借喻的表象——抵达我开头提及的，所谓客观被主观改变的时机。这样就容易看清，诗人让我们"重看一遍"历史的真正动机，在展示形成人的命运时，个人的作为究竟在哪里？个人能舍弃的或舍弃不掉的，是什么？如果人没有情感等人性，命运就一定是另一种模样。这一问题同样会穿过历史，悄悄作用于我们，提醒命运被历史改变的时候，人性的作为在哪里？不过，诗中的讲述，也一直严格遵循现代诗的距离感，即梁平用轻度的"玩世"疏离感，不让真正的古典抒情充斥其中。比如，"李师师与徽宗皇帝那点事，/真的假的都不是事"（《李师师》）。这种古今趣味结合的表述机制，闪烁着辩证法的智慧，不易让人猜到，导引美学追求的仍是人性。那个已被我们遗忘的早期人性需求，即对安全与冒险的双重需求，仍在当代激发着人的叙事与抒情冲动、克制与任性冲动，这正是新世纪以来，中国现代诗走上的平衡之道和中庸之道。所以，梁平给现代诗巧妙配上的，不只是中国的古典故事，他让古典与现代诗没有在审美上相互践踏，而是像希腊悲剧美学那样，巧妙地让日神与酒神合作，使古典的收敛语言成为现代诗的形式，也使现代诗的"玩世"调性，一扫古典故事身上堆积的历史学尘埃。

15. 《诗经》给予新诗的启示

我一直是一个愿意顺应诗歌自身冲动的人。有时看着自己的诗作正背离意愿而驰骋，我只能苦笑着予以自嘲。所以，当李森寄来一批诗歌新作，我很好奇他让一些诗歌接近《诗经》的做法。关于诗歌语言，大家已经谈论得够多了，也许多到了对诗歌语言的实践已经有害的程度。当我们在怡然安享已有的经典时，便会发现我们所能补充的东西很多只是风格。经典的光辉在于它包含了我们也想拥有的一些品质。新诗的其他可能性在这里就不必说了，单是对西方借鉴而形成的传统，就会对《诗经》之类的古代遗产产生难以共鸣的忽略。仿佛中国古诗一遭遇新诗，就必须隐匿起来，只变成新诗文字的优异来源。好在《诗经》紧凑的节律（不是音韵）、几乎笨拙的叠句，对于那些不只求得散漫节奏和象征的新诗，都是很好的教导：《诗经》里的古诗并非与我们新诗的变革无关。《诗经》的胜利可能也会帮助新诗的胜利。《诗经》作为"中国诗歌之父"，一定面临过诗歌草创期的诸多问题，一定觉察到了哪些是适用于诗歌的语言和节律。李森其实在新诗诗人都不在意的《诗经》里，看到了同样适合于新诗的自由与不自由。比较他的《桃可知》与《诗经》里的《芣苢》，可以觉察到他企图给予新诗的训练和尝试。《桃可知》：桃树可知/桃花开了//桃花可知/桃花结桃//桃子可知/桃子红了//摘桃可知/谁在摘桃。这令人想起早已沉寂在《诗经》里的声音：采采芣苢，/薄言采之。//采采芣苢，/薄言有之。//采采芣苢，/薄言掇之。//采采芣苢，/薄言捋之。//采采芣苢，/薄言袺之。//采采芣苢，/薄言襭之。再比如《诗经》"唐风"里的诗句："蟋蟀在堂"，就给了李森句式的衍生方式。他在《种荞于山》《橘在野》《雷开门》《积雪》中，对"唐风"里"在"的用法表示了敬意：梁横于天/春在梁//种荞于凹/春在谷（《种荞于山》）；日出东南/橘在野/黄在橘/阳在橘/阴在橘/橘在橘旁/橘在屋宇（《橘在野》）；水到渠/藤在树/草青青/麂子来/山凹不语/菌无主（《雷开门》）；"积雪在上/大理石在下""峡谷在/沙在"（《积雪》）。他仿佛是通过游戏性的经营，来为"在"字在新诗中找到一个能安定下来的语境，以便给新的诗境提供各种便利。记得 2007 年我回湖北黄冈路过武汉时，李修文曾征询我对李以亮一句译诗的意见：蜂鸟歇息在忍冬花（米沃什《礼物》）。李修文对李以亮的"在"的用法不认同，认为应采用我们更习惯的"在……上"，当时我以语言是约定俗成，肯定了李修文的说法。回宁后，我收到了李以亮寄来的《波兰现代诗选》，翻到米沃什的《礼物》，发现李以亮用圆珠笔在上述那句诗末尾加了"上"：蜂鸟歇息在忍冬花上。不过，在看了李森的诗后，我的想法有所不同了。如果考虑到诗歌的方法始终是间接的，正如布鲁克斯在《精致的瓮》中嘲讽过把语言视为符号的科学至上者，那么当时我对李以亮的劝告，无异于是要矫正由"在"带来的不确定，恰恰对诗来说这是不合理的要求。大概李森体会到了《诗经》里由自由向不自由过渡的那些秘诀，李森在其他诗篇里的节奏也由松变紧了，似乎认识到笨拙的叠句于新诗并不是外物。比如在《春日沉沉》里，诗歌的音调听起来好像来自远古："春日迟迟，人去了/忧伤，在花朵旁/是一个圆石，两个圆石//春日慌慌，蜜蜂去了/声音，在花朵旁/是一片叶子，两片叶子。"如果只看《春日沉沉》中每节的首句，我们便能意识到《诗经》掠过他的内心时，留给了他一种组织诗歌的结构。"春日迟迟，人去了""春日慌慌，蜜蜂去了""春日昏昏，春要去了""春日沉沉，我听见""春日茵茵，我醒来""春日霏霏，鸡鸣不已"，实际上，这是适合歌咏的结构。隐在语言深处的节奏，就像小火苗被浇了油，突然燃旺起来。在我看来，歌咏体是早期人类处理神秘的一种智慧。它主要通过相同或相似的叠句反复，让人感受到那不言传的意味。相同或自身的反复实际上在于消除争辩，把一些孤掌难鸣的诗句变成一个个回声。聆听这些接踵而来的回声，读者便易于迈入"知者不言"的神秘诗境。无独有偶，2009年李德武来南京时，与我谈起他突然对歌咏体的兴趣和实践，当然他是想恢复已被许多人视为陈迹的另一种功能：歌咏体便于记忆。他是希望在一个叫人疲于奔命的世界里，让诗歌成为人们记忆中的一件礼物。李德武的愿望也无意中道出了促成当年日本俳句发展的一个原因。与俳句出现之前的那些长诗体相比，俳句因短小很快就赢得了记忆中的优势。俳句的出现一方面让长诗创作沉寂了，另一方面也向社会大众普及了诗歌。诚然，我们每个诗人都可以对日本这段历史怀着"鬼才去管它"的态度，但诗歌革命的内因不会因我们的态度而有所改变。每个诗人不可能统摄所有变革的内因，大多只能偏执其一。李森代表一种，李德武又代表另一种。理解了歌咏体的作用，我们也就能理解李森与《诗经》的友情。比如，《砍柴》一诗，诗人只让读者的目光触及场景的表面，而希望读者能跨越语言的门槛，进入无言之境。

砍柴，砍柴

人挑担子

马背驮子

上坡，下坡

担子，驮子

烧柴，烧柴

在灶之腹

火叶，火叶

铁锅如炉

沸水，甑子

灶灰，烟飞

当然李森并非只爱中国古诗，《柏拉图》《公鸡》《回乡》《拱门》等诸多诗也证明了他对西方象征、悖论的喜爱。只不过他企图在节奏上，把它们与《诗经》的四言节奏结合起来。"让它上天，多么轻盈"和"不能飞远，也不破裂"（《柏拉图》），"我阉掉它/它长得更肥/我养着它/它的毛更红//我有尖刀/它有颂歌"（《公鸡》），"恍若隔世""后来叫虹"（《拱门》）。仔细观察李森的诗歌，便会发现这些四言句如同"韵脚"，自然收紧了整首诗歌的节奏，驱除了"有害"的散漫节奏。接下来，我并不想考察李森如何能把悖论、象征恰到好处地用于诗歌。相反，我喜欢它们扮演的中间角色。"中间"，是指它们兼有东方意象的明晰和对西方现代象征、悖论的皈依。

> 从明镜里
>
> 你解开了太阳的索链
>
> 让它上天，多么轻盈
>
> 你又控制了它，恰到好处
>
> 不能飞远，也不破裂
>
> ——《柏拉图》

> 我阉掉它
>
> 它长得更肥
>
> 我养着它
>
> 它的毛更红

我有尖刀

它有颂歌

——《公鸡》

　　李森的部分诗歌在现代诗的范围里，在耗费着诸多象征、悖论的旋涡中，挽回了古代诗歌的明澈品质。他企图把古代诗歌的部分性质，传递给发展中的新诗。由于明澈的背后是含蓄，而象征、悖论则依赖说明。所以，把握含蓄与说明的时机，成了李森很多诗歌的基本形态。这种时机决定了他如何从一堆形象和说明中寻到出路。比如，在《落基山的鸫鸟》和《乘飞机远行》中，似乎一词一句只在描述意象，但到了前首诗的第二节和第二首的结尾，陈述突然转入象征的情景，把读者刚刚熟悉的物象切断，让读者一下认清整首诗其实在朝向某个观念靠近。当然，若论对东方意象和西方象征的体认，《可怜的花》大概最为典型。当读者沉浸于诗句描述的明澈意象时，能称为象征的那种气息，仿佛早已储存在各节的意象中。当然在这首诗里，现代象征的复杂已被古代的明澈改写了，但止于描述的诗句起到了让意念继续向前奔流的作用。

可怜的花
戴在胸前
红不知

可怜的树
静到高处
献出红

可怜的手
编织纸花
制造红

可怜的风
借花飘零
红不从

16. 感性形式是第一性的，意义追寻是第二性的

　　了解自己的创作，并不比了解他人的创作更容易，因为自己看自己，需要克服太多因熟稔产生的视而不见。而他人提示产生的再审视，可以帮助自己克服诸多疏漏。这里说的"他人"，并非常在我身边的亲朋好友，而是我所青睐的作品主人，"他"或是大师，或是成长中的作家，或是友人。记得十几年前，我有过一年写数行短诗的执拗，写过一两百首，后来愿意收在诗集中的，只有寥寥数首。这次对古代绝句的致敬，来自 80年代我对唐诗翻译的余绪，译成白话的失败，激励我自己写。这次不算成功的致敬，倒让我看清，我诗中一直喜欢用的流水句。从 80 年代的"翻开一页禁书，一身黑暗的热汗"，90 年代的"瀑布用飞落，重现皇姬的绫罗绸缎"，到新世纪初的"人生多神秘，而你的旧爱已日渐沉重"，现在的"叹息就像夏天的蝉鸣，暗藏着秋收"，等等，可以见到读旧诗遗传下来的心理结构，或

者说，它们变异自我从小对歇后语的喜爱，这些皆得自小时日日聆听爷爷吟唱旧诗。流水句的结构，含着解释的延宕，被推迟的揭晓时刻，令流水句产生陌生化效果，而推迟揭晓的"包袱"，令读者的常识落空，他们会被诗人的意外选择抓住。我在"纠正"学生炎石只读古书的执拗后，也意识到他尝试将新诗古化的真理。比如，外在形式的部分重建，音乐性甚至诗句的整饬，也会改变诗书写现实的能力。例如，绝句的句式会加快语义的翻转，使得意象里面也含有对立，这本是小说的整体技法。旧诗中类似的启示，其实很多，不是说格律消失，新诗与旧诗就真的断裂了。

来自大师的启示也不可忽视，我不是有"大师癖"的人，也不是把大师列入鄙视链的狂妄者，我遵从心中寻找的那些"客观"。比如，庞德们看上去有些轻率的断言，认定东方诗歌从不说教，倒令我看清了旧诗意象的真正功能。意象的第一功能是付诸感官，第二功能才是付诸理性，它与格律含有的音乐一样，并不先讨好理性。我们听音乐的经验，与感受格律的音乐别无二致，都是激起感官的反应后，才把理解交给理性。所谓意义、多义、懂与不懂的问题，是理性层面的问题，在诗中是第二性的问题。第一性的问题，是意象能否激起感官的反应。太多人忽视了第一性问题，只把努力投向第二性问题。我以此重新看庞德，就能身临其境他当年的感受：他并非认定西方诗没有意象，是少有同时关注第一性和第二性问题的意象。这一认识可以帮助新诗走出许多误区。意象既是新诗的音乐，也是新诗多义的源泉。比如，当我把写作说成，"正上演文字的交通事故"或"用稿纸，把记忆放在目光中暴晒"（《工作日》），我相信，读者先会被这个意象的画面吸引，之后才会琢磨这个写作意象的含义。不少人把形象的魅力，视同媚俗，实则是对攻克形象问题的误解，或对无法攻克的自我辩护。形象问题看似平常，实则是诗中最难的问题。当阿米亥说，"只有母亲的话陪伴着我/像一份三明治裹在沙沙作响的蜡纸里"（《当我还是个孩子》，刘国鹏译），我想没有读者会认为，知道母亲的话对诗人重要后，"像一份三明治裹在沙沙作响的蜡纸里"就不重要了，它恰恰是这两行诗产生魅力的关键。

我从新世纪开始，就致力于解决新诗的形象问题，并把它视作回到诗歌原点的一次语言清洗，洗去学问或文化负重带给诗歌感受力的磕磕绊绊。我以为，少有人知道维柯究竟做了什么，他其实用《新科学》为诗歌指出了原乡。原始诗歌的意象思维，乍看是当时思考不济的权宜之计，实则是诗歌的永远家园。学问向来有自我膨胀、挤占资源、罔顾经验的私心，使用意象就是找回一条经验之路，此路与原始诗路的暗合是不需要学问维系的基因遗传，那里藏着感官与意象共鸣的原始激情。所以，有很长时间，我一直避免将典故放入诗作，以免新诗过短的历史，让尚不发达也未人人皆知的典故成为感受力的障碍。直到近年，我才谨慎地打破这一禁忌。比如《超市》中的第一句，"超市会是古人眼里的美术馆"，了解安迪·沃霍尔的人，便知道我在向他致敬，他认为百货商店就是当代的美术馆。对不懂的人，我也备好了下一句来救驾，"神造型的饼干，让他们不敢下口"。近年，常写地理诗的缘故，我开始把地方志的知识融入诗作，却不想损害诗的感受力。我虽然自创有诗学，却不希望自己的诗靠诗学续命。诗学于我，是为接近诗歌真相，助人清除谬误偏见，所谓正本清源。我看重那些不靠诗学续命的诗，那将是未来无数心灵的长居之所。我写过一首镇江金山的诗，面对宋代李唐《大江浮玉》、明代文徵明《金山图》等无数画中的江中金山，以及1903年金山并入陆地的尴尬，我不得不求助意象来化解这一地理知识。"我眼见金山已被陆地揽在怀中/江浪在替这对夫妻日日争吵？//多么美的江中美人，仍义无反顾投身陆地的婚姻/日常的爱，何尝不是得靠碰撞造就?"对不了解金山地理的人，我仍希望意象能弥补这一空白，"多么美的江中美人"可以给不了解的人提供具体感受，还可以涵盖那些至美的画中金山。把"金山"与"陆地"比作夫妻，是对"金山"并入"陆地"这一地理知识的形象化解。

努力让诗直面经验和问题，而不是隔着学问或历代文化的千重大山，这是 80 年代我从老友车前子身上习得的真经。他用拆词、拆句清洗文化负重，我用意象清洗文化负重，可谓殊途同归。

17. 新诗藏有一个准确意象的仓库

我没有权利说我写诗之初是傻气的。那时，作为一个初上诗路的人，只有忠于自己的想象，才配得上诗的启迪。那时，诗对我就是一种感同身受或身体感受，是会让鼻子发痒打喷嚏的一粒粒灰尘。那时的我行我素里，包含着我懂得法则后依旧仰仗的东西。我总是怀念那段被灵感侵蚀的岁月，也许灵感说现在看来是一个错误，但那时，那些写得糟糕的诗歌，却在身体层面叫我美不胜收。它们与那些令我钦佩的杰作一样，帮助我结束了儿时以来的梦想：当物理学家。长久以来，我在小学、中学、大学都享有科学天赋卓异的响亮名声，于是周围的人（包括家人）便把我写诗，视为我莽撞自毁的行为。没有人知道我前后的两种选择，都是为了能够离现实最远。那时我已清楚，世俗人生是没有耐心去培育永恒的。但对一个已经衰老的年轻人来说，即使住在大学的马厩里（宿舍是以前日军的马厩），我急切需要的还是能与现实针锋相对的永恒感。我过去着迷于宇宙的永恒居然可以估算，甚至可以去测量。所以，我投身研究宇宙的历史时，大致怀着与康德当年写《天体论》时一样的野心。我害怕永恒感的破灭！我需要通过研究或写诗，能够领悟、欣赏和享受永恒。对孩子或年轻人，我太清楚永恒感的破灭带来的可怕灾难。记得七岁时，我第一次意识到人不会永远活着，人到了八九十岁都会死。整整有三个月，我被这个问题搅得心绪紊乱。一入夜，就一人躲进被窝里偷偷流眼泪。我无法把死亡带给我的骷髅图景，与家人的亲切面容联系起来。我第一次发现了过去与未来之间存在着裂缝，甚至鸿沟。也就是说，我无法把家人那一张张亲切的面容，一一带到更远的未来。我当时不能接受自然赐予人的死亡礼物。七岁因永恒破灭导致的精神恍惚，后来我写进了小说《治疗死亡》。

再次为永恒神不守舍，是刚进大学的时候。种种错误导致我高一考进了南京理工大学的弹道学专业。可是我不喜欢它，即使牛顿曾着迷于弹道学，即使《福尔摩斯探案集》里少不了弹道学家，但跟我心中研究宇宙的永恒相比，它无足轻重。我当时对技术的解释是，它们一代代不过用飞蛾扑灯般的自毁，来证明宇宙原理的永恒。弹道学在我眼里恰恰属于难以永恒的技术。我从未想过自己会把才智用于眼前的现实。于是对自己人生价值的疑惑由此而生，对同学来说的上坡路，变成了我眼里的下坡路。我在深感不安的四年中，竭力寻找能引发我投身的新领域，直到毕业时我写下了第一首诗，写那首诗并不等于发现了新的永恒。一开始，我感觉本已存在的事物，倾向于交给文字表达一个美化的任务。一旦读诗的人把注意力放在美的感受上，它留给读者的印象就会大大偏离事物本身。"那正好是我需要的!"那时，我的初恋刚刚化为乌有，我正需要把注意力放在美，而不是放在事物本身。有了第一首诗，我就拿给懂诗的爷爷看。他刚回拒了当《赤壁诗词》主编的邀请，而被我视为民间高人。我发现他根本不在乎我写的恋情本身，倒是拿起放大镜，逐一推敲我用的每个词。他让我意识到词的好坏不在词本身，而在与其他词搭配中赋予词的品质。那天，他赞扬我诗歌的部分，恰恰不是照实去写的那些，而他指出的值得玩味的含义，更是我写诗时没有料到的。就这样，诗歌把我从词典和事物本身解放了出来。意识到诗与事物本身不同之后，怎样才能让词装着多种含义，实际上成了困扰我的问题，成了克服诗作单薄的一种向往。那时在黄州小镇，唯一能找到的当代诗集就是舒婷与顾城的《双桅船》。当时我很幸运，完全不知道他们在诗坛的声名，这样玩味他们的诗时就可以不受干扰。一开始，舒婷的诗似乎没有显见的缺点，用词和比喻也颇能吸引我，但很快，诗中层出不穷的铺陈比喻，就显出缺少深度和变化的软肋，难以同化我。相反，顾城的魅力在于，他的诗乍看一无是处，仿佛被游戏心态所怂恿，实际他的诗中有隐秘的现实秩序，含义丰富、深邃。我反复读他的诗作，渐渐懂了他诗中那些悖论的来源：惠特曼的《草叶集》。我至今无法确定，李金发是否在悖论比喻方面给过他启发。顾城的诗使我意识到，读者对多层含义的挑选，实际是对自己想象力的挑选。想象弥补了现实事物的短暂，涉及了我极力关心的永恒。那些历经锤炼的意象，试图聚合起所有世代的想象。因为好的意象一旦产生，就如蝴蝶会抛弃促成它诞生的茧壳（现实），成为只给时间观看的美丽造物。顾城的诗促成我把遇到的所有诗分了等级，多数杂志的主流趣味已不再受到我的敬重。

只要通过顾城摸索到惠特曼就足够了，他的诗足以抹去我以前的空白。他的诗属于只需感悟、领会，而无须读懂的那一类。我继续了解惠特曼的 19 世纪，就遇到了神奇的礼物：狄金森。她的诗近乎在寻找一个绝对的答案。也许对一般人这并不要紧，但对一个把永恒始终放在心窝上的工科生，狄金森意味着太阳的升起或落下会比以前更加安稳。顺便提一下，对我这一辈的大学生来说，阅读穷尽我之前的经典是一个基本的想法。我这条学诗的舢板，经常面临刚刚朝西方驶去，又马上向东方航来的双重命运。北岛在我眼里就像一个聪明的西方英雄，穿过大洋落脚到了中国。就在青年诗人把中国古代视为一个大泥坑时，我读到了柏桦那些透着古代情致的诗作。他成功清除了阻隔古代与当代亲密的语言障碍，与50年代着意用民歌增强民族特色的诗作不同，柏桦找到了既挽留古代情致，又体现现代意识的语言秘诀。他成了我眼中最大的骆驼，北岛与之相比也不过是一匹大马。多年后我才意识到，我后来竭力想要寻找的东西融合，还必须从80年代的柏桦出发。1986年认识车前子之前，当代诗人还只是用诗作向我说话，我不可能想到诗作可以用他那么随意的方式写出。他一边与朋友说话，一边就把诗写来。老实说车前子的诗我很少能读懂，却能感受到他享乐于字词组合的美妙，东西方的融洽关系似乎直接就在他的血液里。我把他视为在激流岛之后还继续活着的顾城，即那个顾城自己都难以维持下去的后期顾城。他们都意识到了东方的游戏精神，已被 20 世纪的西方同行再次发现。

年复一年，我积累起了对诗人和诗作的隐秘读法，导致我产生一个有趣的看法，只要是写出了好诗的诗人，他创造了什么，也必然会把残渣废物丢弃在他的现实人性里。有时，他会立刻把它奉献给周围的人；有时，它会转化成对他自己的愤怒和不满。庸人的错误有时就在，不懂得这些事迟早要发生，不知道该去包容或一笑了之。90 年代以来的交游经历，大致证实了这个看法不算偏颇而接近现实。虽然诗人人性中的残渣废物，足够去写一首首让人叹息的挽歌，但仍出现了许多能照暖我心的诗作。在海子放着光芒之初，我就认定，他不是上帝为我而造的诗人。我不喜欢他搬来荷尔德林的神来吓唬国人。当然，我也难忘他短诗的出色和长诗的糟糕。那时，我已无需和阅读中的眼花缭乱进行搏斗，因为我意识到了诗歌发展中的一些规律。和韩东的偶然相识，具有我趣味发展的合理性。他的诗一直打动我的并不是平实，因为平实与干枯仅一步之遥，许多诗人就是忘了这个可怕的陷阱，而一步跨入干枯的窘境。他的诗里给我冲击的是哲学，他总是把哲学表达成别的东西，就如同萨特把哲学表达成小说。他就像用一面意象的镜子，让哲学照见了自己的陌生容貌。平实的风格之美在他手上并不稳定，与初唐诗人一味追求口语而遭遇的尴尬，几乎如出一辙。但他的平实主张对我早期的炫技，是一种相当及时的矫正。当然，90年代以来出现了许许多多有价值的风格，不像80年代的诗歌只来自不多的几个模式。随便挑出一个诗人的历程，就能看到诗人对外来影响前后态度的变化。1991年，朱朱带着诗稿来我家时，他还是早期的叶芝，他用了十几年与叶芝保持一致，浓缩了叶芝从浪漫到象征的历程，直到《清河县》出现。一旦着手考察80年代的诗歌，就会发现，它们主要给读者贡献了文学史中的那种时间感。而90年代以降的诗歌，让读者从里到外感受到了生活和时代的空间感。一些诗不再企图震撼人，而是给人意外的悸动。诗不再担负深仇大恨，而让诗人意识到由于中国的日常生活比幻想还要复杂，所以并不会让诗人失去自我。那些我看重的90年代以来的诗虽然没有尽头，但它们铁定有着某些朝向。在这里我只用部分人名来表达，而不避讳多数是我的朋友：清平、王家新、蓝蓝、树才、张执浩、叶辉、森子、杨健、鲁西西、叶丽隽……读马铃薯兄弟一些20行内的短诗，能感受到他一些很出色的经验：诗也可以是对生活愿望的评评说说。我很清楚，一些值得反复体味的当代名句出现了，只是没有学者可以抛开文学史的成见去辑录它们。新诗就如一个已经长大的少年，他不仅要知道自由诗的潜在规则在哪里，还应该去寻求正道。新诗并非像有人指责的那样不可捉摸，至少我已经看到，这个领域集结着具有最好天赋的人，他们传达出来的经验、情感，已经有了生活隐在的深刻性，与那些表面上声势惊人的作品不同，面对一些无法言传的体验，他们已经学会用东方早臻于化境的形象和比喻的表达，致力写出人类心灵的大境界。

直到新世纪，父母才不认为我投身写作是一个错误，但不能理解写作是痛苦与欢乐的相逢相聚，他们把生活的幸福视为文学的必要。当然，对我在写作中尽职尽责的平静态度，他们似乎也表现出感激：他们的儿子没有因为遥不可及的永恒，而把自己弄得疯疯癫癫。长期的探寻使得我与语言的关系变得微妙。一方面，我要克服语言的愚钝，使它能像我的心一样身临其境；另一方面，我又必须在某些瞬间忘掉语言的记录身份，就像遭遇到惊世丽人，只为她的容貌、音调、气度而迷醉。语言的双重使命实在是一对亲密的敌人，这个事实恰恰容易被许多写作者遗忘。当积攒的生活经验足够多时，我开始能直接感到诗在日常生活中的形态，即那些形象而微妙的比喻和意象。我的工作就像在进行挑选，面对满船的收获我必须挑选，哪怕只剩下一颗孤零零的珍珠。当脑子里有了和经验相连的诸多意象，我就不难写出《蝙蝠》《二胡手》，直到有一天又写出《中年》。每次回忆写作《中年》的过程，我都惊讶于诗歌内在的推搡力。写作中，我始终被一种声音推搡着，某个音总能激发出下一个比喻或意象，每个比喻或意象又能恰如其分地测量主题。内心时时刻刻在变化的 20 年，我只用半小时就亲历了一遍。这首诗也让我意识到，新诗中存在着一些经验或体验，它们和最准确的比喻、意象一一对应，一旦被某个诗人发现，其他诗人就再也无法为那种经验或体验，找到更有表现力的比喻或意象，只能把与那种经验或体验相关的其他比喻、意象弃之不用。其他诗人由于表达平平，实际上还不得不放弃表达那种经验或体验。我能感觉到，无数经验或体验对应的准确比喻或意象，构成了一个伟大的仓库，聪明的诗人应该找到这个仓库，并去拿取珍贵的库品。因为这些库品拿一件就少一件，别人每拿走一件都会迫使你转向别处，使你想表达的经验或体验也少了一种。也许我道出的这个秘密会让大家目瞪口呆，但新诗确实进入了"跑马圈地"的时代，经验和准确形象的对应关系虽然隐得颇深，但已经被一些诗人发现。聪明的诗人开始对它们跑马圈地了！

一旦写出《中年》，我就明白，中年感怀和准确比喻、意象的对应关系被发现了，这种关系也就可以在诗歌中永远维持，人们以后会成百上千次地发现它们关系的准确。当然，这类关系也出现在当代不少优秀诗人的作品中，以及我其他一些诗中。我和不少优秀诗人一道，正把白话短诗带入一个可以享受的阶段。但我们的前面还有更值得的事要勇敢去做，那就是怎样了结一直伴随我们写诗历程的长诗情结。与短诗相比，新诗中的长诗几乎多灾多难，长诗既让我们神魂颠倒，也像烈马一直没有被驯服。我们给予它的重视并没有明显的收获，汉语的直觉天性赋予短诗的优势，似乎加剧了长诗创作的难度。问题不在于新诗能不能写长，而在我们赋予诗的巨大任务天不天然，勉不勉强？就在优秀诗人为短诗找准了穴位时，我们拥有的一些长诗却毫无效果，暴露出对德国诗人早就发现的动静之分的无知（史诗是动态的，抒情诗是静态的）。就如长篇与短篇的任务在小说中是清清楚楚的，就如魅力其实也是长篇得以推进的原因，就如无损于短诗的形式也许有损于长诗……总之，一谈起长诗这个庞然大物，我们这些自诩能驾驭短诗的人，也颇感学业不精，又不甘忍受外域长诗带来的隐隐压迫。

18. 意象是爱越界的酒神

我是在抽丝剥茧中，重新发现了意象的力量。意象等于小说中的故事，最具暗示力，它是一切懂与不懂的根源。意象主要靠对比来说话，诗人创作的新事物，与你眼前的旧事物对比，这样它会先触动你的感官，再触动你的理性。它非常类似音乐，不管你懂不懂音乐，音乐首先会激起你的感官反应，比如欢快的，或忧伤的，它会把懂不懂的问题，抛给理性去解决。就像探寻故事的意义，是理性的任务，但故事会直接给你感动。意识到这点很重要，它让我看懂了为什么每一次的诗歌革命之后，意象会首先成为追逐的对象，直到像唐代那样，把它的可能性耗尽，宋代的议论才加入其中，成为另辟蹊径的法宝。就像中国诗的开端，意象会成为《诗经》的主体。如果把唐代作为参照，那么现代诗还没走完它的意象时代，还有大量生动的意象，等着诗人们去找到它们。我不否认议论可以入诗，但就像在故事没有耗尽之前，19世纪是小说故事的时代那样，意象的独特力量，应该得到写诗人的正视。

我还意识到，东方意象的明晰，其实隐着不争乃争的东方智慧。西式意象的含糊，实则是西方文化性格的延伸，就一种争先性格的体现，西式意象是争的意象，追求奇崛，有冲击力，有酒神倾向。东方意象因为受到生活诗学的影响，有克制倾向，是不争的意象，外部平淡，看似有日神倾向，但内部波澜壮阔，各有千秋。我近年追求准确意象，有"接受美学"的味道。准确会带来会心，让会心有路标可循。准确是制造不出来的，因为必须与人的生活经验结合，经验无法骗人，可以杜绝制造的诗歌。含糊多义意象可以制造，取决于个人的诚实。

我想诗歌的所谓出众，并非因为它具有杜撰的能力，也并非因为意象世界不够用，而有意识地远离人世。抱怨它和生活贴得太近，明显是出于误解。谁会相信诗歌里的生活仅仅是生活呢？一旦我们启用意象，诗歌与人世就有了神秘的联系。靠着意象的暗示，诗歌得以进入我们潜在的意识，得以把生活经验转化成种种启示。当然，启示的产生有两种截然不同的方式：一种是用稠密而错位的概念搭配，产生看上去蹦得很高的超脱世界。把全然是诗意哲学的方法搬进诗歌，会大大抑制诗歌奇迹的产生。哲学之所以让天然的诗人感到腻烦，就在于它的客观和抽象。客观是科学多么愿意接近的东西，却无以应对我们祈祷时心灵的感觉，甚至彼此感应的奇迹。我们需要对世界的另一种拥有，不是要向感觉、感情、无意识告别，向能渗入超验世界的意象告别，而是要向词语自足的表演告别。我不否认词语的自足表演，也能产生一个自言自语的超脱世界，但它缺少与灵魂最深刻的联系，与人的直觉、经验、洞察、激情、潜在意识等是格格不入的。我们爱诗歌的理由，也在于爱我们的感觉能够被它引导越界，如同醉酒的恍惚状态。当一个意象终结，我们的感觉依旧会向前继续滑行，那就是诗意的诞生之所。

诗歌的确需要与读者恍惚交流的可能。有人大概会说意不言中也是一种交流，但当你读着另一些一刹那能穿透心灵的诗歌，你就能看出"意不言中"有多么蹩脚。所以，我们不能只满足写一些看上去像"诗"的东西，那是对诗歌使命的浪费。我们对诗歌的感激不在于它保存了想象力，或是审美的鉴赏力，这些恰恰也是优秀小说所关注的。无论多少技巧都不能代替诗意的神秘、感觉的神秘、意识的神秘，代替直觉维护诗歌神秘嗅觉的重大作用。这些与人相关的"恍惚"，都需要通过意象来催生苗长。所以，从长远来看，新诗的能力取决于我们对感情、感觉、经验、意识领域的重新挖掘，当意识到意象世界饱含着我们需要的越界和超越冲动，意识到我们为之寻找的另一个世界就隐身在意象里，我们就得到了另一个最诗歌的方法。当我们在现实的理性世界感到精疲力竭，意象便起着恰当引导我们去越界的作用。这类越界既然是由意象触发，就必然被人世所扰，只要找到了恰当准确的意象，我们就无须再去抽象地阐释什么，所有诗意都包含在意象带给我们的朦胧冲动中。即便是生活中的一场失败，我们仍能从意象中感到那里藏着一个惯于越界的酒神，它要把一切都从字面转移出去，让我们用新的态度和新的恍惚去重临失败……

19. 常见的新诗释义，含着美学造假

现在回头看车前子当年引起广泛争议的《三原色》，当时的迷惑已变得十分简明。那种企图摒除文化负荷的游戏感觉，使他的写作变得很自足，即他不愿与别人共享一个文化解释的"上帝"。不管他后来采用散文或绘画，不管他是多么想贴近历史或遗产，《三原色》中那个游戏的天性已经成熟，当别人企图服从词句或文化的"永恒规律"时，他则极其需要自己的"规律"，即用暂时的感觉来终结某些词语的"永恒意味"。那些被他的笔切割开来的词句，似乎在拒绝某种交流的可能——是的，有那么多写在纸片上的诗句，被他永远囚禁于那些丢失的饼干桶里。作为他的老友，有个时期我曾思考他诗句的无目的，是否只是为了消隐熟悉的含义。他蓄意地拆拼词句或汉字，是否为了阻止某种感情。是否那种不被需要的感觉，使他才如此珍视略带毁灭性的探索。比如，在《迅速的桉树》中的某几行：

沿途的表现还有很多：共同特点

就是死亡与效果联系一起：

强化的麦田：情感造成"空"：

一个帽子歪戴的地点：诗是字：

字数一五一十的算术：我愿和你

在未生之年：反抗明显的晦涩：

生活作为原作：没有或者

放弃版权：纯粹的十滴墨汁：像：

    我把它们看作在熟悉的语境中，寻找一条陌生化出路的努力。含义简单的冒号一旦被反复、重复，便形成能冲刷掉原貌的复杂漩流。记得 2007 年，周亚平邀请我和马铃薯兄弟看《满城尽带黄金甲》时，我们也谈到影片中的陌生化手法。张艺谋为模糊或抹去人们对常规场景的记忆，他一样是用重复来达到陌生化。当几个碾药的人变成上百个碾药的人，一群士兵变成一万名士兵，悖于常规的陌生效果就产生了。当然车前子的诗没这么简单，旁人的释义有时只会适得其反。由于它包含的意味多于常规的诗句，所以了解车前子这个人，才能避免理解上的错误。因为凡诗里能说的，无一例外都会在他的生活中留下蛛丝马迹。

记得 1988 年车前子来南大读作家班时，我们成立了一个形式主义小组。那时，大家感到熟悉的语法已达饱和，人人都想在意象的奇崛和组词上一试身手。与车前子诗的精巧别致的印象相反，他写起诗来完全不要"酝酿"。他看到一张纸片的本能反应，不是写诗就是画画。这是他的生命借着艺术向外扩张的标志。与我靠预感写诗不同，他是靠笔对纸的呼应、即兴反应。一个人能在众目睽睽下写现代诗，意味着我耐心等待的东西，成了他整日不枯萎的意识流。我常犹豫他写诗的流畅，是否应该成为我的榜样。因为他纸片上再现的命题，源自他对内心私房话的顺应。也许他的诗只是一系列的速写，这些内心的意识因为词语的装饰，才变得有意味、有价值。我从来没有这样直接处理过意识流，大概是胆量不够，我"害怕"搞出一些败笔，但也许就这样与一些表达的潜在可能失之交臂。当他在听得津津有味的课堂上，随手写下几首诗时，我便明白他是半个布勒东和半个李金发。他没有完全遵从布勒东的那套，即诗歌完全靠潜意识授胎。他高超的语言技巧，会部分阻止他的诗被潜意识完全收买。表面上，他温顺地把笔交付给随兴而来的灵感，但诗形的最高要求，使潜意识又暴露于显意识的阳光之中。"诗形"这个词最早源于车前子对我的劝告。1988年他见到我发表的诗歌后，打来电话，提醒我要注意诗形的问题。他认为从外观上看，我长短句的搭配不美观，"要做大师，也得从雕虫小技做起"。这些话一直震撼着我，使我意识到诗人手里还有一把裁缝的大剪刀，它规定了潜意识和诗歌的边界。也许不符合形式个性的东西，都被这把剪刀裁掉了。一旦这样来理解车前子的"流畅"，我们便能看到他对诗歌预先已有一种意愿，即那种为诗歌的理想表达而奋斗的意愿。一旦他让美学闯入内心的深沉意识里，他的作诗法里便混合着两种经验：即兴发现诗形的经验和即兴抓住意象或象征的经验。他为自己设下的诗形"法则"非常简明，即最大限度地激活字、词、句的言外之意。我们过去理解李金发的错误也在于此，没有意识到他想克服早期新诗的贫弱意味，他实践着名词动词化、暗示言外之意等，其实隐含着后来我们这个时代的诗歌任务，即能否为新诗找到更丰富的表达，能否为深沉情感找到鲜活经久的形式。简单用"病句"来理解李金发，只能误解新诗的全部历史。车前子应该算部分承接了李金发的未竟事业。我曾提出过一个"撒谎"的理论，结果没有人能领会，甚至连好友李心释也误解了它。人们总说自己会被真实触动，但真正内在意识的真实没人能懂，其实我们懂的只是释义，这便是语言的功劳。也就是说，除了本能的反应外（它们也是语言之一种），释义里面包含了美学造假，即不能让释义过分偏离心中预设的理想，否则就会引起我们的不适或反感，自然也就难以被触动。至于理想，说白了就是对意义的模仿，这是教育在我们血液中激活的一种癖好，大概也是对社会公正性的隐晦渴求。由此反观车前子的即兴写作，只不过他释义时偏离的是我们的预想。我们的有意义，也许是他眼里的无意义……

车前子写诗的无目的（一般人看来），有时也出人意料地抵近他人的美学共识。我不知道是否在他惯常的美学操作中，令他神往的情感复活了，而面对情感，一个诗人的雕琢能力会明显衰退。情感是我们祖祖辈辈恪守的共同意愿，有时它强大到足以把他推向共同习语。于是，他一不经意写成的"俗气诗歌"，却真正触动了我们。

> 我用黑暗的泥土捏造你睡眠的形状
>
> 不捏造眼睛，为了不看见它
>
> 不捏造皮肤，为了不感到它
>
> 不捏造心，为了让你活得长久

——《捏造》

找上门来的只有推销员；

送出门去的只有垃圾。

我们再也不会在一起玩了。

他不时掏出怀表，说：

"这可是地道的俄罗斯货。"

——《忧郁的力量》

    情感对他美学的牵制是否必要，虽然纯属个人问题，但鉴于它实际造成车前子诗歌的第二种声音，不管车前子是否来得及给它戴上惯常的美学面具，这第二种声音表明他有时也徘徊在抒情诗的边缘。可能在我们感受他的抒情余波时，他依旧会抗拒诗歌的抒情性。大概在五年前，他看过我的一组诗后说："我不喜欢太感动我的东西。"说到这里，他的话已经不难理解，情感不是他最好的安置诗歌的地方，因为在他眼里，那里面交织着太多的共识。一旦他倾向于个人的释义，他的诗歌就存在和我们失去联系的危险。

    90 年代以来，不少诗人用作品重新确立了新诗的任务，这个任务隐含着对个人释义的矫正，即希望诗的用语是大家能够熟悉的，在熟悉的语言中间发现诗意的可能，在熟悉的声音中创造某种神奇的"音乐"。读或听所要求的这些"自然",大概也是造成新世纪以来，诗歌朗诵越来越蓬勃的原因。一旦密切与时代语言的关系，诗歌必然会依赖一些共同的意愿，情感便是其中之一。与其说车前子完全抗拒这个潮流，不如说他希望自己能提供不同类型的写作，恰好其中之一与时代能够巧妙连接。以下是他同一时期两种完全对立的写作：

在外面，时间是雪，

积不起来。云的踪迹洋红。

为了谋生，写作毫无乐趣可言，

我早想着找份工作，

哪怕牺牲睡懒觉的自由。

朋友是可爱的，三个五个，

流言是可怕的，一座县城。

回北方吧，到老婆身边去吧，

我的家乡还是在火车上？

——《光阴》

在脱着的内裤里跳房子，

一条腿已吊近巷口。

华丽的栅栏，空档块绿块蓝，

一块挨一块两个人把话说完。

她突然双臂朝上，十字架瞄准——

拉长的肚脐眼，为男人准备好的黑棺材。

——《跳房子》

把人挤上牙刷，要多长？

冥冥之中的牙齿：

牙齿！牙齿！牙！齿！

狗在树叶的合影中洗脸。

——《"像耳朵里的深绿"》

  《光阴》在表达上的明确甚至略微动情，与后两首故意混淆感官知觉的做法大相径庭。后两首承接了车前子一贯的立场，即对废话的重新利用，如"牙齿！牙齿！牙！齿！"人们眼里无意义的废话，被他打破法则的技法弄得有意味或神秘莫测。在后两首里可以看到，是细节的技法掩盖或代替了诗的主题。《光阴》里无须隐藏的主题，变成了后两首诗里悬而未决的问题。车前子大概是希望读者能像他一样，去经历或体会技法的细节，除了去感受语言诸多的意味，也希望读者在经历如此的语言历险时，能体会他已经历的形式快感。所以，那些已经习惯开垦主题的读者，会理所当然地把他的诗视为对理解的阻碍，他们不习惯在一首诗里，同时有那么多可用于理解的出发点。就像一个旅行家前面不停出现岔路，他不知这些岔路会把他带到哪里。但车前子是要旅行家体会走岔路的美妙，甚至希望旅行家忘掉他的目的地。要读者安于"在路上"，让他们接受这些诗句是怎么回事，势必要求读者的语言潜能被激发，至少激发出某种"交流"的可能。懂得欣赏内在的语言景观，这对读者的要求程度，是不亚于诗人本身的。不过时代的诗歌任务给予诗人的影响，有时要超过诗人自己意识到的。两种几乎对立的写作，在他身上也有化为一种写作的倾向。近年他那些对"意义"负责的诗作，在数量上已大大增加，这些诗作试图传递出他在生活中发现的"残酷"或"美"。

在列车

震耳欲聋，孩子告诉我
他们在跳"杀人游戏"舞

直到汗出如肥皂泡

　　那可是一些年轻貌美的女人

　　这类诗歌与他从语言中提取诗意不同，会促使他从语言经验转向生活经验。80 年代初他曾写过情感更炽烈的诗歌，如《一个残疾人想踢一场足球》等等。但这类受到他一时垂青的情感，在他那个年代的诗作中很罕见。那时他周围的朋友只在乎他是民俗专家、技法大师，并未认真考量他诗作中的情感。好在 90 年代以来，诗人们的苦心之作渐渐收到了实效，诗人在选择形象或意象表达内在情感时，提高了对准确性的要求，而不是无的放矢。所以，他那首曾经扣人心弦的踢球之作，就成了后来这些要求的一个源头。当别的诗人是通过思考明确诗歌使命时，车前子却是在醉酒的恍惚中，掌握着诗歌一挥而就的秘密。他的一挥而就既含着自由，也含着禁令，即含着拒绝把诗歌只作为真理通道的强烈反抗。一旦他打算回应时代对语言的新要求，才子天性会使他自然而然就攫取到准确的形象。"过去了多少岁月，/才有这个黄昏?""过去了多少岁月，/昙花，狂奔的碎片，/我至今还是你的人质。"(《昙花》)这种写作也许排除了非情感或感觉的其他可能，但这种意象开垦的不再只是好奇、情调，它是一种纯生命的形式，在于如何能表达出情感或感觉的不同层次，它的难度和优点都值得我们认真考虑。

20. 抒情在新诗中，
如何继续有效？

相册中的一张合照，唤醒了沉睡十几年的记忆。那大概是1997年，我与庞培、朱朱、叶辉、潘维、祝凤鸣等，在南京诗人韩雪家聚会。在此之前，我读到过庞培办的几期民刊《北门》，那次是与他的第一次见面。记不得那天最后闹腾到几点，反正喝过几巡酒，有人就郑重提议到走道里留影。哪怕大家已经喝得昏沉恍惚，但合影的气氛毫不戏谑。由此说明，江南诗人始终把个人形象与文学深刻视为一体。江南诗人惯于把自己的文学藏得很深，以至于最醒目的倒是他们的个人形象。庞培也是这样的诗人。此后十几年，我在许许多多的民间活动、聚会、诗会上与他相遇，或一起聊天消磨时光。他给我的印象，始终既浪漫又庄重，既情绪强烈又十分平静。大概相信作品并不适合口头谈论，十几年来，我们见面后的话题从未直奔对方的作品，至多谈起一些遥远的人，或赞美或口吐微词。布莱克说过："真正的友谊就是对立。"但罗斯提醒，作家的敏感和自豪具有烈性炸药的威力。好在我和他都懂得，诗人要想有诗人朋友，必须暂时收敛起敏感与自豪，只让对立在作品里征战。大概为了求得精神同类的激励，私下里大家都知道，庞培在安徽有一挚友——杨键。但只消读上他们的几首诗，就能触及他们的不同。在短诗代表作《在离别中》里，庞培写道：

> 刹车在暗中苦苦央求。一棵突然长在街角的树
> 使早晨的阳光耀眼。春天不知不觉
> 流下眼泪……
> 我打开录音机。我走到房门前。我
> 伫立于异乡，在离别中——在离别中
> 我找到这个夜晚。我说出了
> 命运本该让我说出的话语！

也就是说，庞培不仅相信命运，也相信并接受使人们彼此远离的种种事物，接受流下的"眼泪"，接受"苦苦央求"的徒劳，接受一把终于"松动的插销"……这样他的诗往往没有结果，诗人只是在情绪的广大背景中不停移动，找到把感情、情绪转化成其他新

鲜意象的契机：

风中有阴下来的云层的味道

有旧房子里木格花窗的味道

有书架上的书停止书写后的味道

有室内关闭了的白炽灯泡的味道

离去的客人在楼梯上停下——

一个挥之不去的痛苦念头……

——《风中的味道》

这样他就不可能成为一个怀疑论者，就如同他信赖诗歌潇洒舒张的形式，他信赖爱、美丽、往事、离别的动人之处，宁静、孤寂，甚至尘土、露水，等等。关键是，他不仅仅信赖，也有信赖它们的心境。

明年再来的一定还是那场庭院初雪

那万物深处的我们的心

我们的初恋

——《细说万物由来》

你还记得吗？

那晚的美景：树林、山峦，对亲吻的

渴慕，以及轻偎在肩头

夹杂着幸福和憧憬的脸庞分量？

那寂静唯有少女的目光将之点燃

——《五月》

好了，这里只消举出杨键的四行诗，我们就能辨出两人处理经验的不同。"这里的寂静不是寂静，/而是一种勒索后的疲惫。""虽然这是一个淹到水里的小镇，/但也没有几个想办法往外面跑的。"（杨键《小镇》）杨键因为追随佛陀，结果他就成了诗中那俯视苍生而发现问题的叙述人。他不断变化着苍生的意象，不断给出价值评判，但诗中俯视的态度始终不变，只是有时，他和佛陀合二为一，有时，佛陀又眼睁睁看着他犯错。一经诗中的叙述人点拨，芸芸众生越发成了迷睡中的灵魂，他们生活的悲惨、徒劳、愚蠢、混乱或忧伤便在所难免。从杨键早年在朱朱家，到近年屡次在先锋书店与我相遇，他给我的印象基本与此一致。杨键似乎是陀思妥耶夫斯基小说中的一个人物，既是朝向宗教的信徒，又是对世俗感到餍足的忏悔者。但庞培的诗中没有高高在上的神主，庞培也不是一个忏悔者。他更像一个泛神论者，从不舍弃哪怕一滴露珠的微微震颤。泛神思想有效地让他把一物等同于另一物，把一种情绪等同于另一种情绪。即一滴露珠可以是所有露珠，悲伤也可以是欢欣，一个恋人也可以是所有恋人。这是他信赖万事万物的根本原因。所以，就可以理解，他对悲伤、忧郁等也十分着迷。"对于一名爱情真挚的人/被爱所抛弃是多么珍贵/多么甜蜜的体验！"（庞培《少女像》）

"当年轻的心在爱恋中饱涨/大地变成了大片大片奇异的美景"说真的，这种信赖若换了别人，会因显得过分年轻而变得单薄、虚假，甚至陈旧，由庞培来写，却显得十分真实、新鲜。为什么呢？我前面说过，泛神思想必会导致信赖，导致不同于俯视的民主、平视的态度，导致对自己眼睛和其他感官的信任。尽管信赖是一种简单的情感，庞培却竭力阐释它的多义性。具体表现为，一首诗的情感和主题通常不复杂，甚至可以说简单，但他会赋予它们极其丰富的内容和意象。与我写诗注重推进不同，大概纷至沓来的意象让他目不暇接，他不愿受推进的拖累，而让各种意味的意象几乎平行展开在诗中。极尽所能，展示意象的丰富和多彩，实现同一主题在各种意象上呈现的可能，他基本遵循让情绪、感情循环的结构，这样他就无须为表现主题而操心。比如，从《雪夜》一诗的首句"雪夜里我送走的是谁?"到最后一句"哦，是哪一年? 在哪儿?"诗歌中的情绪经历了一个循环，在光芒消敛之前，又回到起点……

稍稍打量他的一些诗题，如《周末在一家有啤酒的店里》《"我和黄昏擦肩而过……"》《大卫·梭罗在瓦尔登湖畔》等，就可以明白，为了揽住不断向外舒张的句子和意象，诗题无需特别讲究，或具有特别的象征。事实上，它只是一个随意的标记，以便让那些闪闪发光的意象，能汇成一个有机整体。这样，想对句子的肆意舒张加以钳制，就几乎不可能。这种做法倒令人想起惠特曼。"当我走近，这些紧握着我的手并用我所喜爱的声音活泼地大声地亲切地叫着我的名字的人，什么神能胜过他们呢?"(惠特曼《横过布鲁克林渡口》)，对比看庞培的诗:"但它有时只是一条街、破旧、下着雨，/面包店门口写着"面包"两个字，/修脚踏车的摊头上一位摊主正在抱怨。" (庞培《周末在一家有啤酒的店里》)，他们舒张的诗句都不太规避散文长句，大概有太多的话要说，只好让诗歌与散文交融在一起，共建一座经验和挚爱的大厦。他们似乎都懂得长句的弱点，以及运用得法会产生的奇效。我把这视为庞培后来创作出许多篇散文的秘诀。即不在于他对长句的喜好，而在于散文化的倾向可以帮他揽括更广袤富饶的意味。

　　大概是几年前，我偶然在《雨花》杂志上读到过他写的小说，当时的发稿人是毕飞宇。记得毕飞宇与我交流过那篇小说，他认为庞培写得不错，但我的看法完全不同。那篇小说表明，他没有真正掌握小说的形式，反倒让人惊叹他的随笔才华。大概他考虑写随笔要比写诗晚，写小说要比写随笔晚，这样我就可以把他写随笔和小说的出发点，都理解为与写诗有关。对一个有越来越多内容要表达的诗人，诗歌能发挥效果的范围，就成了一个局限。怎样处理某些题材或经验，自然就演变成处理更宽松体裁的需要。我认为舒张不羁，以及让诗和随笔相互塑造，是他给诗、随笔带来异质的根本原因。说真的，小说对这一做法的接受程度要小得多。小说需要更为全面的推进，而推进恰恰不是他的长处，这使他在小说中受到限制，小说不再像随笔那样，可以任他纵横驰骋。读完他 2009 年送给我的《冬至》等随笔集，这个看法越发变得清晰——他的浪漫抒情天性，天然地为他准备好了通向抒情诗歌和随笔的道路。他对色彩、细节、反常的偏爱，甚至还可以视为纳博科夫，试图附魂于一个东方诗人。

21. 诗有时会闯入语言 自我繁衍的领地

　　与其把多多作为朦胧诗派的诗人，不如把他作为走独木桥的诗人，会更接近他诗歌捧出的诗心。我之所以在《意象的帝国：诗的写作课》中多次引用多多的诗，实在是他的意象繁简由境，既适合更新无知者的眼睛，也适合更新专业人士的词语观。有时，人们对诗歌的失敬，是以过量写作来促成的。过量就意味着，写作者很难见识词语的怯场，好诗恰是词语怯场的果实。当我读到多多的新诗集《词语磁场：多多五十年诗歌自选集》，我更深切感到了诗中言者的迟疑不定——诗人让词语踏上艰难征程的同时，必会怀疑读者是否真能领会他想说的。我只说自己消磨其间的感受吧，读《词语磁场》确与读多多别的诗集，大为不同。我以为，这是一部多多诗艺的转折之作。

　　粗读容易辨认出，部分诗作有萨义德所说的"晚期风格"。一些诗赋予理解的歧义，不只来自多多从前擅长的深度意象，也来自他对语言和哲思的探索。尤其后者，我读之颇有读禅师偈语、策兰后期诗和海德格尔的感觉。即试图超越标准语的限度，去触摸不可触摸之物，借有限之词说出无限。只是，萨义德所说的成因，即近乎失控的力不从心，导致的不合时宜，我以为，不适合用来解释《词语磁场》的"晚期风格"。进入诗集的一些探索之作，虽有"晚期风格"之果，但无萨义德所说之因，倒是相反，恰恰给人有备而来和全神贯注之感。比如，多多在《无语词语》一诗中，写道："从这不可言说，无知来自己知/尚未保留从来，词语仅毁于准备//挖开你的沉默，无词并非无效，其间有智力的崩溃。"诗人不仅说出了写诗的语言历程，也让读者嗅到了他诗作的敌人：已知、准备、智力等。这里含有一个诗歌悖论，让诗能读，就意味着诗中必有已知的事物等，但诗人又必须过河拆桥，让已渡到未知彼岸的读者，羞愧于刚走过的桥。多多的认识充分可见一斑，他事先知道，自己会进入那片可能会失控的词语领地。

让读者直接接受未知通常颇为困难，诗人常见的解决之道，是从已知意象出发，来抵达未知意象。这也是多多以前擅长的，在《词语磁场》中，仍有不少诗作在沿用此道，"从这欲言又止的雨滴/留下无为懒散的笔体//这来自高空的书写/它出字，自它出//字在哪里，家就在哪里/根基在云里"（《听雨不如观雨》）。由熟悉的雨滴和字的意象，组合成雨在写字的陌生意象，仿佛背后藏着如诗人一样，在字中寻家的灵魂，这类追随自由的未知，读者是易于接受的。再比如，"母亲，你的墓地已如一匹斑马入睡/怎样召唤，马头也不再抬起"（《九月》），墓地一旦成为斑马，沉睡就代替了死亡，子对母的深情，从这一善意中就可感知，母亲永不回来的决绝，也转化为马不再抬头的失落，这是幻想中尚存希望的失落，缓解了一去不回的绝望。即使是传递自我悖论的意象，比如，"从一面更年轻的镜子里/我反对自己//一个越来越老的童年/不知开始，只识单纯//我的心，不要成熟/也不要灯塔//要造出灯塔的光——"（《从童年到童年》）读者借着意象背后的人生经验，仍可以了然未知意象。即不打算世故的诗人，他的童心会是镜子中衰老容貌的敌人，他珍惜这颗童心发出的单纯之光，用精神的"我"来反对身体的我。这一意象传递的经验，也与那些"长不大"的艺术家相一致，毕加索就说过："用尽一生的时间，才能像孩子一样画画。"

一旦诗人在诗中谈论语言，开始关注语言的效用，他超越物质的渴望，就面临经验和词语限度的阻挡，文字就成了他迫不得已的妥协。如果字典字义之外的神秘之物，不再有经验为之背书，诗人还能何为？我以为，这与席勒当年的困境如出一辙，席勒发现了符号与现实之间的缝隙，两个世界是彼此独立的，无法互为因果，可是人偏偏得用符号部分地指认现实，席勒为了让自己安心，索性用信仰代替了解释，认定人脑既然是自然之物，它创造的符号世界就必与自然暗合。这是信仰，不是科学。被科学逻辑看不起的诗歌，恰恰可以在逻辑之外，帮助复苏更完整的心灵：被理性与非理性永远纠缠的心灵。经验可以让修辞离公众更近，诗人一旦有离开经验的冒险，就如策兰晚年所为，让修辞成为标准德语经验的敌人，如席勒所为，用概念在戏剧中造人，那么诗人的孤独就成为一个语言现象：诗人仿佛要在诗中，创造一门外语。

比如，"识已识的字，读出：读不懂，想要说：说出/一道伤痕说出其他的——没有伤痕，哪有我们/从恶之不幸，至福在说出后才能给予"（《向内识字》），这些诗句的着意之处，全在字外的联想，甚至是说不清的联想。已识的字为何读出的是"读不懂"？字典字义和文化意味大约能懂，可是，心灵借字传递的深邃神秘，真容易懂吗？符号吊诡的是，一旦创造出来，就不受经验驾驭，会独立行事、自我繁衍，一些诗人就成为语言繁衍的助产士。好在多多始终把诗置于伤口中，"一道伤痕说出其他的——没有伤痕，哪有我们/从恶之不幸，至福在说出后才能给予"（《向内识字》），"寓言一直是恶的异化，善仅源于权力的自虐"（《无语词语》），这一提示起的作用，如同挑选事物，可以帮助我们克服漫无目的的指认，可以窥见一些事物的隐秘关系。比如，"诗歌即进入词语，在人间寻找人间"（《无语词语》），置身伤口会促使我们理解，现代人间已是卡夫卡式的异化人间，"寻找人间"无非要找回那个尚且本真的人间，它如同人类早期那样，必先在词语中出现成为预言，现在是，将来仍是。多多有的诗甚至会把他擅长的意象，与超越词语限度的努力，合为一个认识悖论：

　　穷到只剩词

　　写下必历的

　　心碎而人宁

　　　（《起念的初起》）

22. 语言的工具性与自主性

百年新诗的传统，尚不足以定义新诗，它具有的魅惑力，恰恰就在，它能超出预料。现代主义，这一让诗人感到自豪的遗产，它扮演晦涩难懂的角色已经太久，以至于任何尚未写出的晦涩，也在预料之中。曹韵选择了另一条诗路，他只是假装跟读者"躲迷藏"，他说"躲进柜子中/我没有藏住"（《迷藏》），而他真正在乎"童年/藏住了"（《迷藏》），这恰恰是里尔克说的经验。我以为，把现代诗引向直觉、生命、经验，于当下精神破碎的人类至关重要。读者在修辞中已经分心太久，是时候回到诗的初心了，即祈盼诗给予新的感知。我把余秀华、陈年喜、王计兵、曹韵、惊竹娇等诗人的努力，视为清除感知障碍的努力，与另一路建立感知障碍的努力截然相反。正如曹韵所担忧的，"过分深刻，未尝不是过分假"（《诗歌和爱情》）。当然，清除障碍也面临语言只是传声筒、工具的风险，容易低估语言要自主的诗性。所以，他们找到的平衡点因人而异，除了得到灵魂之助，也受到观念侵扰。就如曹韵所说，"一些美的事物，不敢美/抒情好似一桩低俗的罪孽"（《诗歌和爱情》）。确实，清除感知障碍，似乎已成现代诗的一桩罪。

当有人用类型诗歌谈论这种努力时，我想，其用意是为了建立等级，或一道隔墙，将现代诗置于他们给出的定义中。但他们忽略了这些诗人的精神内核，其实这些诗人，皆拥有现代诗的心灵，同样受困于现代性的进退维谷。比如，曹韵一边感叹，因自己的清清白白，令"年轻和自由这两桩事物/原来这般天造地设/又这般有缘无分"（《自由与年轻》），一边又自省，"每当我说爱你时/我是一颗坏掉的水果/只敢给你，不曾坏掉的半颗"（《一半的我》）。可以说，来自生命悖论的这类冲撞，成全了曹韵的诗。就连已被人谈烂的代沟，曹韵也发现了用来填平的更大共同体，"不在于科技，或者文明""时代在每个人的身体里/你是好坏的一票/更是时代的注脚"（《时代的注脚》），这等于放弃年轻的部分特权，来担起时代给予的宿命。有时，年轻给他的冲力，与将世界的真相挖出，又互为障碍，他对自己爱莫能助，只能眼睁睁成为自己的旁观者，"人生处处都是我的/最后一根稻草"（《最后一根稻草》），"丢了工作，不哭”“失魂落魄，不哭”“一生，也是如此”“注定的，狂风大作，雨”“注定的，落”（《雨落了下来》）。

当然，他也感到年轻带来的轻松，那些没有的把握，无法占据确定的未来，倒让他有视死如归的蛮力，“你要在炼狱中杀出一条逵路”“你毕业了，世界开始——/准备生生受领/你这样一颗好胆”（《你毕业了》），“关于年轻，只有一种准则/请你翻阅我，但切勿指正”（《请你翻阅我》）。曹韵的诗吸引我的，恰在于不是单向的勇气，他时时刻刻知道“锁链”在哪里，知道苦乐一体的悖论，于人的不可摆脱，甚至不可或缺。“不想工作，多希望在人间走着/就成一首诗，可是/就这么走着，活着/就是我在人间最沉重的工作”（《在人间》），“一生是，长久地忍受生命/短暂地享受死亡”（《一生长久地忍受生命》）。我欣喜于他的悲苦之心，不来自自怜自哀，而来自对他人人生的重新“发现”，“人老了，风也惨惨”“他人的热闹，与自己无关”（《寡居的老人》），写父亲在灵堂为何不哭，“冷硬的骨头，铁石的心肠，活着的胆量/在最悲痛之处，不带一声哭喊/为生活二字。继续服丧”（《服丧》）。这里面就含着顾随说的“返照功夫”，就是自省，由人及己，再推己及人，经此一轮回，曹韵就跃出了“年轻”领地，将自己放入

"大我"。他把诗中的母亲、父亲、爷爷、奶奶置于新的象征，来"拨乱反正"，"一个勤于劳作的女人/命运却称其为苦难的妇女/这是我极其反对的""妈妈，就是妈妈/不因悲苦，不因伟大"（《光阴谣》）。诗里的"妈妈"，何尝不是其他人的妈妈？

年轻性也是曹韵诗歌的标识之一，正如他用作脚注的那句话："在故乡的离弦上，却总有一趟，忠于年轻的远航。"年轻里总是藏着远方，诗人便成了故乡与远方之间的那道界线，也是旧与新、过去与未来、传统与现代的界线，这样故乡与乡愁也就搭伙成悖论。我欣慰类似的共同经验，几乎每一代都会复现。二十年前，当我写"家乡仿佛就是我自己"时，我是把找到的远方，与故乡合二为一。曹韵既把自己视为曾搭在故乡弦上的，一支离弦之箭，"年轻人/与故乡一刀两断/断痕处，是学业，工作，婚姻"（《与故乡一刀两断》），又把故乡安放在可以带走的体内，"故乡，就蜗居在人的身体里"（《故乡微缩》）。曹韵的离乡经验、我的离乡经验，又何尝不是在复现苏轼的"此心安处是吾乡"？年轻性还意味着，跨越前辈经验的可能，年轻时对文化历史的排斥或暂时"遗忘"，会带来创造的蛮力，待中年得到"想起"历史的恩赐，开始固泽而渔时，除了克服过度的主观冲动，那股蛮力也消失无踪。曹韵的年龄令他恰逢其时，可以行进在蛮力与克制的边界，主观与客观的边界，供他创造出好诗。我以为，《在那个小村庄里》是曹韵写出的好诗之一。与顾城让孩子用幻想装下宇宙不同，曹韵让孩子的眼睛，用懵懂装下人生和宇宙，这是通过回眸，给孩子装上的一双新眼：

> 只是旁观着，也只能旁观着
> 他人的脸上，日子明灭，方言复杂
> 一生就好似，眼睛一眨

23. 语言是明镜，能照出诗对心灵是否忠心

谁都知道白话不只是口头的表达，但比起古代那些不肯撰写文章的圣贤，我们更容易受到书面语的迷惑，忘了古代圣贤唯恐感受力或洞察力会被语言歪曲，已留意到书面语的局限。我想，师业口口相传的真谛便在，后继者要在经验上去领会道理，而不是只把领会停留在语言层面。胡适当年提倡白话文学，确实是因为文言文的天性与现代感受力不合，他不希望继续繁衍死的书本事物，他要用恰当的"书面语"来表达活的事物。但鲁迅的文学成就迷惑了许多的后来者，不少人把他语言受缚文言文的一面，都视为白话中的优点。目前这种观点还颇为受用，许多"文白合璧"的随笔大行其道，便是明证。不少人根本辨不清萧红的《呼兰河传》在白话上已经取得比鲁迅更大的进展。作为一代表达大师，鲁迅与其说发展出了单纯属于白话的表达力量，不如说他借用了一些文言文短促而神奇的表达习语。所以，把鲁迅

的书放在一些人的手中，正如博尔赫斯引用过的一句话："等于是把剑放在孩子的手中一样危险。"鲁迅的真传弟子萧红显然是高明的继承者，她不仅彻底清除了鲁迅语言中的旧语习惯，还发展出一套十分灵巧传神的白话句法。如果说此前的白话还有呆板拗口的问题，那么经过《呼兰河传》一役，对后世表达有着宝贵参照的成熟白话就诞生了。不应该忘记，萧红在语言态度上对鲁迅的继承，比她的一些同代人要深刻得多。她设法凸现了白话语言的活性，克服了旧式句法和词语面对活事物时的笨拙、愚钝，甚至是满纸的书袋气。

本来反衬着文言文的白话表达，已经得到了活事物的恩赐，两者间的关系既合情合理又颇富灵性，一种对活事物的描绘意识被持续地灌注到白话中来。可是，当现代主义那套玄学味十足的构词法，在 80 年代征服了中国的年轻诗人，乐极生悲的语言景观便产生了。本来对文体的重视并不可憎，好的文体向来是作品传世的秘诀，但现代主义对文体的重视引发了另一种愚蠢的倾向，不少诗人不屑于追根求源（活事物），他们建造的语言迷宫达到了令感受告罄的地步，一种脱离心灵的语言虚荣由此产生。通过堆砌多得让人受不了的隐喻，最终达成了对语言的信仰，即无需再去观察活的事物，只需观察语言。于是戴着各种概念面具的作品层出不穷，人生、心灵、经验在作品中已不起作用，语言的游戏倾向被大大激发了。这些语言灾祸造成的结果，与胡适当年痛斥的旧语言危害没有两样，都是在书本事物中繁衍书本事物，遣散了白话原来面对活事物时的敏感和忠心。这样的白话文学与胡适痛斥的旧文学一样，保留的不过是回忆的能力，即对西方现代主义文学的拙劣回忆，犹如清末民初的旧文学是对古典文学的回忆。这样的白话文学对活的事物，即那些千变万化的事物，自然缺乏有意义的见解。另外，西方两位魅力独具的人物，对中国作家在语言上误用现代主义，应该说负有责任。一个是尼采，他考虑到真理会隐身于偶然，他说得十分确凿。接下来的维特根斯坦考虑到真理可以由语言偶然产生，于是他肯定了语言是唯一的自然。中国的部分作家由此确信作品不是感受力和洞察力的产物，而是语言操作的结果。

幸亏90年代的诗人重新"发现"了生活，是生活阻止了他们去繁衍书本事物，这样在80年代创造的语言技巧，便成了表达活事物的语言训练，一些很巧妙的语言敏感被挖掘出来，把白话诗触发"余味"的能力，提升到了近乎神奇的境界。比如，"这大地一动不动，

让我喜欢"(《夜景》,桑克),"在树下,蛇已经入土/你
有什么惊恐仍装在心中"(《搬家》,马铃薯兄弟)。我相
信读者读完这些清晰的诗句,并不会舍弃对它余味的追
随。一些值得民族记忆的新诗佳句,可能将会出现在我
们这个时代。但不要忘了语言迷宫在含义上的不确定,
恰恰会像一种挑战激起年轻人的热情。在他们感到自豪
的地方,恰恰能看到大家在 80 年代犯下的语言过错。
他们被作品的多义震住了,本来把伟大与多义联系起来
并无过错,但年轻人的抽象头脑使他们难以见证经验,
易于去分享没有感受依据的诗句,易于被空洞无物的晦
涩所迷惑。我在大学教书时,确实感到了学生对活事物
的冷漠。他们不了解看似明晰的诗句恰恰也妙在多义,
不知道含义的放纵应该出自感受和内心。他们的无动于
衷源于尚处在对书本事物的模仿期。这些倾向就像落在
白话文学根基上的诅咒,我们不该用宽容来怂恿上述的
语言不当和冒险。如果说白话有着为数众多的表达可
能,那么也绝不是为了与活的事物相隔绝,相反,活的
事物是避免它灵性愚钝的源泉。

考虑到一首空洞无物的语言游戏诗,也能在某些批
评家那里激起寻找寓意的冲动。考虑到西学的某些鉴赏
趣味,正在破坏汉语诗歌的直觉天性。我愿意在日趋混

乱的认识中提出清醒的"九宁"主张：

　　宁呈现，不分析；宁清晰，不晦涩；宁纯正，
不佶屈聱牙；宁写活的感受，不堆砌死的词汇；宁
探寻一词背后的心灵内容，不玩弄一词背后的书袋
把戏；宁用形象，不用哲学；宁清丽，不浮华；宁
意境，不玄虚；宁白话，不文白合璧。

　　这个主张是希望把作品始终与我们的心灵连通起
来，因为语言是一面明镜，能照出我们对待心灵之事是
否殷勤，是否忠心……

24. 诗意是身体和人性的需要

1

藏在诗中的诗意，是看不见的，读起来却能感知。老有人做傻事，想一劳永逸，欲借定义的"无所不能"，和盘端出诗意的所有家产。他们刚把过去时代的诗意家产摆进盘子，新时代的家产又在来临。诗意会随时代嬗变到，无法拥有一个一劳永逸的定义。贡布里希在早期艺术中发现，艺术会随时代、地域嬗变。为了避免定义失效，贡布里希索性宣布，没有艺术，只有艺术家。言外之意是，不同时代、地域艺术家做的作品，就是艺术。读书人几乎人手一册的汉语词典，为了避免罗列诗意家产的尴尬，换了法子来解释，它说诗意是"像诗里表达的那样给人以美感的意境"。"像诗里表达的那样"，类似贡布里希说的言外之意，艺术是艺术家做的作品，但诗意不是"像诗里表达的那样"的全部，只是其中"给人以美感的意境"这一部分。如是将了解什么是

"美感""意境"的任务，推给了读者。美感和意境的含义不只随时代变迁，它们深邃的程度，较诗意也不遑多让。为了避免把此问题推给彼问题的接力赛，我打算另起炉灶。

2

迪萨纳亚克发现，早期艺术（含诗歌）也是身体需要——身体想陶醉、舒服、触动的需要。现代诗在初期为了我行我素，把传统、大众、世俗生活视为敌人，一味孤高，无形中将诗只看成语言现象，将诗与身体需要割裂开来。这一流毒，至今随处可见。我认为，不管现代诗人如何羞愧于谈论诗的生活效用，竭力要让诗丢下生活不顾，竭力把诗只视为一场场语言的大小革命，诗还是不会忘记它与身体需要的早期联系，谁要以为这一联系如今已不复存在，那说明还未懂文明。诗既然是文明的一种嗜好，就必是身体需要赋予的，就必有人类学的依据，必会在日常生活中留下蛛丝马迹，令我们可以找到诸多的人类学证据。早期诗如此，现代诗也概莫能外。毕竟诗不是为石头写的，是为人写的，藏在诗背后的人性，从古至今没有变，仍是怂恿创造那些语言现象的"教唆犯"。就像人性创造的文明，会维护人性的发展，诗作为文明的体现，也会与人性的需要保持一致。那些与诗相关的人性需要，必会在生活中的某些时刻，引起身体的一些特殊感受，或陶醉，或舒服，或触动等。维柯在《新科学》中说，"诗人们可以说就是人类的感官"，看来，他已觉察到诗性与身体需要的联系。

3

诗人在新世纪重新"发现"了古典，与庞德通过对中国诗的"发现"，回身来征服当时主流的风雅派诗歌有异曲同工之妙。我个人认为新世纪对古典的"发现"，重点不在古典的历史，因为从 80 年代起，中国历史一直在诗人的意识中，但其中更为高大的，是西方意识和手法。新世纪的出众之处，在于不少诗人意识到，不是提几个古人名姓，用几个古代典故，用几段古代历史，就代表"发现"了古典，而是古典的审美意识、情趣、手法，开始进入现代诗的审美谱系，这导致了现代诗美学上的中西融合，这是新诗历史上的第一次（除开"民歌运动"那段比较刻意的中西融合努力）。比如，当年庞德津津乐道的东方意象手法，在新世纪成了中国诗人手中强大的表现利器，非但没有威胁到现代性的表现，反而丰富了对现代意识的挖掘，现代诗美学中的民族性由此确立。考虑到"发现"古典，只是诸多回归东方审美的努力之一，我们便可以看清耸立在内心的呼求：所谓的民族性并不是一个外在口号，它是已经改变了我们情趣，流淌在血脉中的审美习惯。直到仓央嘉措的情诗突然流行起来，人们才明白阅读审美的风向已经调转。可以说，诗人们的东方化努力，比这种流行提前了十多年，当读者忘记东方时，诗人们在新世纪来临前，已开始尝试填补这个空白。

4

在西方诗歌的影响到了不可收拾的今天，当代诗人有必要去完成一项中国的使命。至少在我看来，应该在越来越清晰的层面，抵近东方诗歌有条不紊又神奇的奥妙所在。过去我们都是西方诗歌里的流浪者，这种缘分从头到脚是由我们对复杂的崇拜造成的，这种热症导致在强调文字经济的同时，全然忘记了还有意境经济这回事。有条不紊的意境能很好消除庞杂意象带来的紧张感，它对形象和比喻的准确性要求更严。所以，与强调意境的古诗相比，很多人的新诗就变成了既复杂又曲折的词语或意象练习，它们很难与我们置身其中的岁月发生联系，混杂的意象很难适应意境的简单要求。因为对意境来说，这些意象神魂颠倒的程度和不一致，都太强烈了。

也许仅仅出于责任，我想指出这极为有益的趣味选择，并为新诗抬出古诗的趣味，这种抬价实在预示了一个很好的诗歌方向。当代的青年诗人天资过人，对技巧的驾驭显出令人生畏的才力，只是在向内心深处的挖掘中，过分得意于对西方诗风的玩味，这使得新诗在趣味上很难具有自己的新面孔。所以，我希望有人迈出的这一步，尽管小心翼翼甚至笨拙，但这不在乎输赢的一步堪称正确。我希望看到他对古典诗词那种意境的摹仿，意识到古典诗词是作为心灵对境遇与自然的反应，于是他的诗歌便加入临摹古人反应的行列，以便添足简单的古朴意味。只是在古人已经写光的题材里，如果诗人不能在现代境遇里找到半茬的现代反应，那么他的这些诗作就只是翻译似的仿作，就是说他仰赖的不是自己的反应，古人固然使他茅塞洞开，但他并未感人之未感，他不能只理解古人而又慑服于古人。即由我们普遍感悟到的西方式的苦恼，遁入东方古人式的苦恼。这离更加贴切的现代反应，无疑便隔阂远了起来。

5

新诗在抒情短诗上，已有不俗的成果。这是因为诗人们十分聪明，充分利用了汉语的"易碎"，他们可以用灵巧的语言碎片，去接近各种瞬息万变的感觉。当小说和电影几乎揽走了所有故事，新诗不得不考虑它叙事的合法性。我把人类文化的永恒需求归结为两种：抒情和叙事。新诗已成功占据其一，但目前尚缺乏有效的作品证据，证明叙事已是新诗可以提供的审美体验。已有的新诗"叙事诗"，并不是叙事诗已经实现的佐证。如果我们不甘于继续膜拜古诗或外国诗中的叙事诗典范，我们应当有勇气重新出发，从发现汉语抒情诗与叙事诗的根本区别出发，从德国诗人总结的静与动出发。想重新探索叙事诗的想法，起于去年与傅元峰、孙冬的一次闲聊，并迅速有了共鸣和部分共识。今年年初又发现格风也在试写叙事诗（马铃薯兄弟过去也尝试过），他甚至提议把大家正在进行的尝试，命名为"南京叙事"。我不想把"南京叙事"指认为一个流派，而仅指大家已有的部分共识。即认为现代社会并不会使诗远离人的长久需求，恰恰相反，现代社会使诗意极大泛化，这也提示我们，叙事并不会远离诗歌，一定存在与抒情诗品质相一致的叙事诗，它不需要通过理论诠释就能触动我们，只是，新诗诗人能否经受得住白话文的魔性挑战？

6

辛波斯卡曾在诺贝尔答奖词里，描述过诗人身份的尴尬，他们无法像哲学教授那样拥有一个规范学术的头衔，比如诗歌教授等。因为如果那样，就意味着诗歌成了一个非诗歌的东西。诗歌的本性就在于越规、抵近无意识、游荡在意识的边缘、生发出无法规范的想象等，这些都决定了诗人的身份如同语言巫师，难以在社会中找到确定的位置。与此相对的科学，由于它的规范和稳定，易于被人理解其作用。语言巫师看似对于社会微不足道，但它实际上与科学同源。因为科学灵感的来源，那艰苦思考中的灵光一现，依旧依赖思维的偶然碰撞，偶然碰撞的场所恰恰是人类的无意识。这恰恰也是诗歌攫取意象和想象的海洋，由于诗歌在人类的思维中，是最接近人类无意识的，所以诗歌担负着维护这个海洋生态的巨大作用，这也间接回答了诗人的身份问题。即诗人在维护着文明创造的思维生态，这个生态越多样化、越丰富，文明的创造力也就越强大。当然，诗歌因其惯有的道德传统，比如"诗言志"等，使得诗歌天然地有着批判文明糟粕的能力，使得诗人不只是思维生态的维护者，也是掌握文明正确方向的舵手。难怪英国学者埃德蒙森在《文学反抗哲学》中感慨，正因为有了诗歌，人类文明才屡次从危境中被拯救回来。

25. 介入的诗意

　　新加坡许利华给我的印象是，她先发现了书写小说的乐趣，接着转向诗歌表述时，居然能把体裁的差异，拿捏得如此精准到位。她轻易就跨过了体裁界限，在很多人挫败的地方，取得了成功——成为诗与小说的两栖作家。她在《老藤椅》这本集子中的诗作，充分体现了她如何"观看"和"介入"事物。"观看"意味着，她先要不动声色地接受丰富详尽的生活意象，不被人为划分的事物等级打扰，接着找出她可以"介入"的时机，把一套有着主观洞见的理解，通过注入常见的生活意象，使之神奇、别开生面。这时生活流的平庸、俗套，就被这样的生活之诗过滤了，诗人为重新定义生活，找到了新的格调和逻辑。比如，在《院子里的雪》中，她先"观看"意象，"母亲，燃上一支烟/坐到靠南的窗前"，接着发现可以从香烟"介入"，"香烟是母亲一辈子戒不掉的情人"。整首诗，诗人用自己的主观理解，分别"介入"了四个意象：香烟、老猫、屋顶的雪、乌鸦。乍看只是把四个意象并列，实则最后一节隐着对全诗的组装，"乌鸫偷偷把春天衔来/藏着山茱萸的苞里，盖一层雪/若无其事的姿态/遮不住眸子里的傲气/瞅一眼老鹰/递出睥睨苍生的慈悲"，通过重提雪、老猫，重构了与乌鸫的关系，再把三个意象视作一体，作为体现自然格调的范例，来睥睨母亲置身的苍生……有时，许利华会把"观看"只作为心里的序幕，并不落笔纸上，诗作直接从"介入"开始，"秋，老了/老柿子树的手裹紧卡其色风衣/咳嗽像海浪，喘息带着露水/在树林穿梭/老寒腿呼唤枣木拐杖和火光"（《捂不住漏风的话语》），这样诗人就可以"逼迫"读者，越过意象表面的"矫情"，直接进入诗意的"诅咒"，直抵现代诗最迷人的核心。

许利华的诗皆充满言外之意，却不费解，这里就藏着她的小说智慧，所有意象不只与自己的生活息息相关，也不自诩对它们灌注的洞见，可以深奥到读者难寻其门。也就是说，小说的写作经验，让她的诗歌写作，意外挣脱了现代主义的自闭倾向，成为读者可以把自己也添加进去的所在。比如，"病床无声呐喊/床单枯皱成冬天的树叶/是否原谅了所有病痛？"（《病房》），每个读者都可能借着"病床"这一入口，循着许利华的诗意洞见，复活自己记忆中的诸多病床经验，打开自己的"病床世界"。诗人介入时，对意象的重新解释，最能体现诗人的个性，考验诗人能否向读者提供有原创性的洞见。比如，"水池捂住了瀑布的嘴巴/别再唱歌""玫瑰花又喝醉了/摇摇晃晃找不到家"（《三只小猫》），会让读者合情合理想到，现代社会的突出问题：口号泛滥，高调"唱"得太多，看起来富于醉意的物质生活，可是内心找不到真正的家。再比如，"等风轻/坐看云起，或不起"（《安检》），"命运里的确定，或不确定/都已酩酊"（《最后一场春雪中远行》），就含着现代人要对付的悖论，现代文明已把人类带进充满悖论的时代，导致生活充满无常，成为难读懂的"天书"。许利华的诗见微知著，以个人生活的小意象，令读者见识到有关时代的大洞见，"如星，还是如豆/全凭自己"（《人生方程》），"书生还是那个书生/书生不再是那个书生"（《夜读聊斋》），当她把禅意引向对困境的理解，倒不失为一种让人释怀的解决之道。

许利华与孙宽、娃娃一道，已成为新加坡华语诗坛的新鲜血液。她的诗足以让专业人士专业对待。当然，中西文化合成的华语现代诗，本身就是一座大山，其他诗人苦行僧般攀爬之际，许利华已尾随其后，不失为自己找到了可以有所作为的良机。

26. 新诗否定中的肯定

8月28日是西渡兄的生日，恰好举办西渡新诗集分享会，让这一天也有了新的意义。这本诗集我看了以后，觉得看得有点晚了。因为他在序言里谈到一个观点：对于世界的肯定，或否定中的肯定。他提出了"是"，而不是单纯的否定。确实是这样的，我们现在处在现代性的环境里，现代主义诗歌从一开始，似乎就教会我们说"不"，教会我们去否定置身的环境，甚至辛波斯卡在诺贝尔奖致辞里也谈到，在欧洲20世纪初的10年到20年，诗人都在说"不"，说"不"的行为甚至成了一种表演，但是西渡说，我们的诗歌应该肯定，应该去赞美什么。我为什么说看得有点晚，其实近10年，我也在做类似的事，也是在对人类某些行为的否定中，再去肯定一些古老的东西，比如道义、爱、气节等等。从这个角度讲，我很高兴能引西渡兄为同道。

西渡的诗集后面收了部分截句，叫《量沙集》，里面有一句话"爱情是鱼塘的增氧机"，我看到这句话特

239

别有感触，这个鱼塘也可以是我们的都市，甚至是整个人类社会。我们为什么会这么相互折磨，相互争斗，相互焦虑呢？都是因为缺氧，这氧就是爱，所以他用鱼塘的增氧机来解释爱情，我觉得特别精准，我们缺的就是爱，所以我们才会特别焦虑、不安、孤独等等。他在《悼陈超》中，描写了大家在日常生活中可能不太注意的一些场景，比如，他说陪孩子打球是重要的，陪妻子散步是重要的。诗里还引用了歌德的一个观点，说"好的社会来自好的个人"，我特别认同。因为我们对现代性环境的否定态度，已经成了我们的普遍态度，我们会有一个已达成常识的认识，会认为一个诗人不坏是写不出好诗的，一定要玩世不恭，甚至道德败坏，才写得出好诗来。其实往深处想一想，如果我们抱怨环境，是不是因为我们自己不够好，或者说我们确实够坏，才导致了这样一个环境？从这点能看出，每个人对环境都负有责任，我们不一定能让别人变好，但至少可以让自己变好一点。所以，我们推崇的那种"坏"，只是对环境的本能反应，不过以"坏"来对付"坏"。其实我们都可以变得更好一点。所以，读西渡的一些诗歌，我感同身受。我编过一本《百年爱情诗选》，就选过西渡的一首《蜜蜂》，那首诗写的就是爱，蜜蜂无私的爱，诗人是肯定这种爱的。

　　我还发现，西渡特别喜欢写泪水意象和星星意象。我中年时和年轻时差别很大，年轻时受我叔叔的影响，他有个固执的观点，认为男儿有泪不轻弹，一个男人一辈子都不应该落一滴眼泪。我叔叔一辈子做到了，我到了中年却做不到，我看一则新闻，甚至看一条微信，或听到别人的什么灾难，有时就止不住掉眼泪。我常为这件事感到羞愧，特别怕被家人撞见。我读西渡的诗发现，西渡不仅在生活里哭，而且他真用诗记录了下来。比如，他写杜甫的那首诗，他其实也在写自己。他说："上天选择我成为宇宙的泪腺，我要记下我的哭。"我觉得这特别重要，因为哭是超越个人的一种情感，我们不再只为自己哭了，也开始为别人哭了。这是个人跟他人关联的，一个隐秘的情感通道。灾难是具有民主性的，时代的灾难会均分到每个人头上，谁也逃不掉。但是幸福完全不同，幸福不具有民主性，也许某个时代是幸福的，可是某个个人不一定幸福。不过，我们对于幸福的向往具有民主性，人人都有向往幸福、渴望幸福的权利。所以，我们对待哭的态度，会影响我们对于幸福的认识。打个比方，如果你要认识水，仅仅在水草丰沛的草原，你是认识不到水的，只有去戈壁，你才知道水究竟意味着什么。也就是说，我们通过为他人哭，才能理解和意识到，你自己的那点个人的幸福，究竟意味着什么。所以，这是让我感触很深的地方，我在西渡的很多诗里看到了眼泪，他不仅为自己哭，还为别人哭。

星星的意象，在西渡的诗里也特别多。我在《意象的帝国：诗的写作课》这本书里，引用了他的一首诗《靠近大海的午夜小径》。他在这首诗里写星星是"古老生活的旋律"，这句话特别触动我。我去同里，看到那里的古镇，我感觉，我们现在对城市的理解，包括观感和生活方式，其实是被西方定义的，但到同里以后，我意识到，其实有另一种生活方式、另一种城市观感，已被我们忘掉了。如果处在同里的环境下，你可以想象古代的生活旋律，跟我们现在的生活旋律是完全不一样的，其实那种生活也很迷人，他们跟星空的关系更接近。所以，星星的意象代表了一种文明理想，那是让人仰望的意象。西渡的诗里有大量这类意象，传递出了他对文明理想的认识，这是他诗中很重要的品质。

他有一组专门写古代诗人的组诗，也让我感触良多。他自己在序言里也谈到我们和古代诗人的关系，说并不比艾青跟我们的现实关系更远，甚至可能还更近。他写杜甫的这首诗，就写道："你要靠着内心仅有的这点光亮，熬过这黑暗的日子。"到底什么是光亮呢？读完整首诗会发现，他说的光亮，就是心中的爱和手中的笔。所以在这首诗的最后，他写道："给我笔，大地就沐浴在灿烂的光里。"诗人手上的笔是什么？就是通过诗人的书写，给世界带来光亮。这是特别重要的认识，因为这时诗歌不再是简单的几句话，而是文明的继承者，是我们内心光亮和希望的代言人，借此能照亮我们的生活。他在陶渊明这首诗里，还写到对于贫穷的认识，其实世上的很多诗人都有类似的认识。

我记得潘洗尘有一首诗就写道："面对无时不在的饥饿/还要为贫困/辩护。"为什么要为贫困辩护呢？因为相对于贫困，饥饿是更不堪的，那么我们自然就要为稍微好一点的贫困进行辩护。西渡的诗里也有类似的思想，他诗里显现的态度和认识，跟我们古代的隐逸精神是一致的。这让我想起陶弘景，当年梁武帝请他出山当宰相，屡请不出，后来实在没有办法，陶弘景就画了一幅《二牛图》给梁武帝看，其中一头牛戴着金笼套，表示我要是当了宰相，虽然富贵但就像戴了金笼套的牛，再也不能自由自在地吃草，另一头没有戴金笼套的牛，它就自由自在，哪怕贫困，但是自由的。这首诗的后面，他也写到对陶渊明的一个认识，"我不是一个被贫困折磨的苦恼人"。很多人会觉得陶渊明太穷了,他会为自己的贫困操心,西渡认为,其实不是这样的,陶渊明觉得自己很安心。西渡还借陶渊明的嘴说,"我的人生也许不是榜样,但是我的诗却是先声"。

西渡写古代的这些诗人,其实某种程度上也是写自己的心灵史,写自己的心声,借机写出自己对时代和诗歌的看法。从这个角度来说,他也让我们把现代和古代放在一起来看,不要把它们严格区分成现代、古代,我们实际上也在古代,只不过我们有时候视而不见。所以,西渡的诗歌,大家可以慢慢去品读,里面的意象运用很独特。诗里传达出的声音,触及的面非常广,需要很细心地去体味,这样才能激发我们对于时代、历史、个人境遇的全面认识,例如,个人与文明到底是什么关系?个人跟他人是什么关系?我们跟现实是什么关系?

27 诗中没有魔术

我记忆中十多年前的炎石，可以说，已经为现在的炎石，找到了诗和言说的语汇。那条从教室到地铁站的道路，他称为"诗之路"的聊天之路。数年中，被他一次又一次铺满疑问，这些提问逼迫着我思考、回答，或埋下研究之心。他属于我学生中提问最多的两人之一，另一人是汉京（汗青）。提问不仅让俗常的诗学到处漏风，也令他俩成为同龄诗人中的佼佼者。记得有一阵子，他突然只读古书，拒看现代书，理由是，水准和道德的落差太大，他更倾心于古人。他的疑惑并非孤立，歌德曾抱怨当代作家缺乏高尚的人格。黄灿然说，阿诺德也如是埋怨当代作家。炎石不过想避开当代作家的弊端——重智慧轻人格——获得正本清源的洗涤。我为他的这一做法，心急如焚。古代已不可复现，想置身洁净的环境，终是幻想。唯完善的人格能从不洁中长成，方能证明它的力量。我花费数周，才让他从无菌的古代玻璃罩中走出。至于智慧，哦，当代智慧掺和了太多聪明，我倒体会到炎石智慧里的老实和拗，这份难得，容我稍后来解。

他诗作里的所有"咏怀"篇，可视为他对古代一以贯之的景仰，只是这份景仰也出自他的现代生活经验。"我要去喝酒啦，一个人又何妨/明月里多少老朋友，秋风中多少旧相识""让我们学过的诗词/以及写过的诗句/在对影的别景里触碰出露痕""他看见壮年正向他挥手告别。他的伤心/或许只有方向盘看得见"。他喝的何尝不是李白的酒？哪怕是当代啤酒，也被他喝出李白之风。只是，他比李白多了一个"愁"字。他年轻时的困顿也在"愁"字，先是从古书读出的愁，后是从生活历练出的愁。他为告别壮年而伤心，跌落为无人知晓的愁。李清照的"物是人非事事休，欲语泪先流"，苏轼的"四十七年真一梦，天涯流落泪横斜"等，皆成为他壮年之愁的脚注。愁是古人疏离红尘的大道，被年轻的炎石习之，终成为他的内心显化。现在生活的愁既让他看到，人作为的不易，也让他看到，人作为的珍贵和愧疚，"一生的艰苦，原只为磨一粒珍珠""西西弗斯的巨石，已越推越小""等一生剧终了，才献出那珍珠"（《杜诗别裁·登高别裁》）。命运是因为力所不逮吗，还是无法选择的选择？"两个天赋，执着把一个人分开。//没有成为一名化学家我也愧疚"(《杜诗别裁·葛洪别裁》),他将之归为天赋,实则是两个自我的博弈。终有落败的一方,让愁是注定的。与愁一起承自古代的"古老",还成为他一些诗歌必不可少的形式。比如,他近年提出的屏体诗形式。"捞回来市容但捞不回尊严,/伸出去的长竿比流水更远"(《四月》),"酒有限却依然高于海平面,/肚有容快去撑一艘万里船"(《云中饮》),"从此远行在随身携带的海,/却频频驶入格子间而搁浅"(《忆游厦门》)。

他为屏体诗选择每行十一字,等于承认古诗奇数言的优势,同时又体恤白话的松散。十一字令他既受限,又拥有受限中的自由,将才能置于最易登峰的悖论境地。他加给现代诗的整饬,与内容的不羁,堪称鲜明对照。当他说"将海灌入胸怀""在随身携带的海"时,让我想到了诗让浪漫派获得的夸张"特权"。比如,雪莱在《西风颂》中说,"它忙把海水劈成两半,为你开道"(王佐良译),李白在《秋浦歌》中说,"白发三千丈,缘愁似个长"。我们对雪莱和李白浪漫夸张的信赖,源自格律诗形式的护驾。由此可以看清,炎石屏体诗的处境。他提供的整饬句式,可以让他有一定的浪漫夸张"特权","海终有一天会被我填满吗?"(《忆游东海》)

但整饬带来的音乐形式，终不如平仄等起伏让人容易铭记。所以，他在屏体诗中仍需把类似浪漫派的夸张，转变成也适合散文的现代诗夸张，比如，"等待着南瓜车把青春送还"（《游园》），"从瓶中解封一个又一个海"和"酒有限却依然高于海平面"（《云中饮》），"雨后荷花仍赴碧水里裁衣"（《忆游湖州》）等。屏体诗可以视为古代与现代的折中，整饬令诗人可以获得部分浪漫"特权"，而未经规划的起伏、节奏等又将诗人推向现代，去寻求更耐散文化的诗意。我以为，炎石谙悉形式化的风险，在现代诗的草创期，任何彻底形式化的努力，都会遭遇类似新月派的滑铁卢。屏体诗既仰慕古代格律，又拒绝彻底格律化，可谓现阶段的智慧之选。炎石以屏体诗，加入现代绝句、截句等形式探索的新潮，谁能说未来不会结出硕果呢？

　　记得多年前胡弦曾托我，劝炎石留在《扬子江诗刊》杂志社，但他的选择，让我们都吃惊不小。他只在《扬子江诗刊》杂志社和江苏凤凰文艺出版社作短暂停留，就选择干空调专业老本行，做一名业余写诗的工程师。我问过他缘由，他的回答颇为老实，认定诗人应该先有生活后有诗。言外之意，他还需要投身于更具挑战的生存湍流。他的老实还体现在，对古代人格、道德的实践，于一个现代诗人极其难能可贵。他对妻子的爱超越了家长里短，似乎在大学相恋的开头，情感里就藏着伦理的理想，并赋予它知行合一的信念。其实现代给予他的惊扰并不小，"当金子一般的方言掺进/空心的普通话里，故乡/三十年不敌他乡这一晚"（《北京慢·夜访鲁院》），明知普通话是空心的，他仍感慨三十年的方言，不敌一晚的普通话。但大学读古书的执拗，令他更倾心易于落败的传统。他所有诗作的感受方式，包括倾心短制、杜甫情结等，皆弥散着现代生活中的古代气息。古代人格的思想烙印，因他老实巴交的践行，规定了他的写作命运。他被内心的"人格"之风，刮至边缘，意外摆脱了一切附和之需，获得生活和诗的巨大专注力，这何尝不是边缘的报偿？

记得十几年前，他曾带着吴临安、独孤长沙、七客、南歌等"进退"成员，到我办公室交流。之后，我为他们的《进退集》写过短序，有一段话同样适合炎石，"进退所有成员都受到中国古诗、典籍和西方现代诗的双重诱惑，他们都坚决抛弃晦涩的诗风，令古代明晰的意象、交游和超验言说脱羁而出，同时也避免了用白话回到古诗的危险；他们不理会现代主义中过分私密的密码体系，从而为中国诗创造出更生动灵巧的话语模式，为世界范围的后现代诗风注入新的中国要素"。很难想象，炎石们用侠士的铮铮铁骨重新定义了现代颓废。他曾在教室烧诗，在校园上树朗诵海子，在钟山裸奔，皆被保安驱赶。他达成了常人难以理解的内心平衡，现代和古代的平衡。这是现代的疑惑，既在顺从现代经验，又在寻求古代根源。"这水是从黄浦江里来的吧／那茶杯来自杜尚，那黑铁壶／／来自日本？"（《咏怀》）黄浦江和黑铁壶都在提示历史，提示仍在消磨着我们的古代、近代，而杜尚，是很多人心里的现代梦，当这些都合为一体，那种期待会发生什么的心理，却被炎石的诗抑制。他说，"我的杯透明／没有一点儿魔术可以掏出"（《咏怀》）。这就是炎石老实的地方，他不认为我们能改变什么，哪怕掏出骗人的魔术，他也不干。这何尝不是他的诗学？"你可曾想过新诗也是古诗？／此刻我阅读仿佛你已死去。"（《论诗》）毁坏德性的现代生活，当代全球的民族主义生态，不正如维柯所预言的那样，在积蓄回到古代的力量吗？他作为诗人的直觉表达，难说没有回答"为什么"！"为什么蝴蝶飞过没有声音？／它就这样飞来飞去了二十三年／没有说一个'喂'字"（《蝴蝶》）。

　　写此文之际，得知他喜得贵子，可谓双喜临门。儿子和诗集，皆为他的爱所育成，可视为他生活的双子星。

28. 强力诗中的强力女权

　　印象中，这是赵四的第二本诗集，但以这样面目出现的诗集，我还是第一次接触到。她选择用中、英、法、西"四语小辑"，作为新书开篇。对于我们这些天天受制于汉语的人，一辑有着四种语版的诗，意味着我们不能只耽于汉语自得其乐的美，还要接受外语们对虚有其表的审视，甚至排斥，由此可见赵四的自信。书中《自你中取诗》一诗，泄露了她自信的师承，副标题"给我的诗歌老师 T.S"，T.S 是指斯洛文尼亚诗人托马斯·萨拉蒙。萨拉蒙曾在《民歌》中写道："每个真正的诗人都是野兽。"（高兴译）我想这样的"老师"，不只给她勇气，更把自由、解放升格为她的信条。这信条令她对天空的自由也有迟疑，"你仍有漫天的饥饿永远不能被填满?!"（《飞之雕像——与托马斯·萨拉蒙及天空的对话》）。要防止文明僵化，诗人需要否定常规思维，这就需要加强思辨和言说，如此重任，激励她在诗歌与思辨之间，建立起中国女性罕有的情分。甚至她为这样的思辨色彩，感到了骄傲，即唐晓渡先生评价她时所说的"率真任性""饶舌和主意大"。"主意大"到，她写了一首《强力诗人颂》，她用隐喻期许自己"我是冰棍""我不想变成冰激凌"。这是竭力跨越性别的一种强力女权，她要抛弃女性受纳的冰激凌的甜蜜形象，而成为力量的挚友。

如果只有点燃强力的思辨与言说，而无打动我们的诗作，那么前者的蛊惑力也会大大减弱。但我翻开新书，一读之下竟中了魔。我认为"四语小辑"中的《清空》，是一首杰作。"秋天/一声长啸，带着狐狸面具，蹲在树上/坐在河沿，看着感恩节/下午，管理红绿灯的星星/提前下班"，"一场浩大的秋风，盛况，盛况/空前，失语的大师/在秋天的空旷仓库里，华丽转身清理唱腔"。记得多年前，我读过赵四一些她自称为习作的诗作，那时我颇诧异于她思辨的成熟，与诗作的"夹生"。这首诗让我再次诧异，诧异她飞跃般的进展，我十分好奇她如何像她描绘的秋天那样，"华丽转身"并"清理"了过去的夹生"唱腔"？"四语小辑"中的《恋舞》，或许透露了一点秘密，"那些疲惫的脸也是我的脸，/那些无望的心也是我的心，/那些挣扎的人也挣扎在我的体内，/这个漏洞百出的世界也是我不得不披挂

252

的衣衫，"看来是悲悯让她把身段下降至人间，这样，那高翔的思辨现形时，就更容易找到动人的现实意象，"一堵火墙阴湿地燃烧，冒着/苦涩的白烟坍塌，埋下，埋下永恒叹息"（《叹息——为大屠杀死难者》），"我愿在你的怀中脱水枯萎"（《乘》），"针尖上的小朵，刀俎上跑，一小朵/微小如被施法的尘埃，"（《小朵》）。诗人真的诞生了！诗人诞生，是指哪怕现实意象在观念中隐得再深，或观念在现实意象中隐得再深，她都能一把揪出。有了这样一双能同时看见观念和意象的慧眼，她写出与她诗学相吻合的诗作，也就不足为奇。当然，单纯的思想或观念，并不会自己成为诗歌，诗人需要通过擦亮那些动人的意象，来为诗歌负责。只有当诗歌首先成为诗歌，思想或观念才能产生魔力。意象和观念在她脑中，曾处于彼此遥远的两极，但在新书中，它俩合二为一，既能彰显诗人的理念、意志，又透过新鲜迷人的意象，来孕育我们的情感触动，以及令我们自甘深陷的诗意、力量与美。在新书主辑"消失，记忆"中，这样的佳作真是不胜枚举。

《火柴人》通过把火柴人格化，触开了一扇当代咏物诗的门扉，这种唐宋繁盛的诗体，近年在现代汉诗中也有燎原之势，因我也探索多年，特别能意会《火柴人》的个中三昧。当代咏物诗已不只是诗人的自况，或借物喻志，它其实是要实现以一当百、以小见大的宏阔概括，以此取代过去北岛时代各种象征的所作所为。象征已死，是死于时代的变迁，即人们已不信任大词概括的宏阔。咏物诗的复活，则恰逢其时。对大词的精疲力竭，令人们转向细微之事，但经历了多年的琐碎之后，人们又不甘一直囿于狭隘和逼仄。一旦意识到，哪怕再细小的物象，都能与世界进行全息的同构，比如一根朴素的火柴，也能容得下取之不竭的宏阔世界，那么把整个世界或宇宙注入物象的诗意描述，其迷人和惊艳，则是那些象征大词所无法比肩的。物象的千姿百态，令原来居于大词中的宏阔概括，不再单调、刻板和无趣。"一小把火的作为／各燎各的荒原，各点各的星辰，直到／成为风中残烛，""没有任何一株白桦树被忘却／没有任何一匹骑着野马的风被删除""你是被万物指向的磷火一点／也是包含万物的一根直立线条"（《火柴人》）一旦开启把世界和历史注入物象的新"咏物"探索，诗人便会忍不住去寻找各种物象，通过极富想象力的诗意，从中辨认出同构的世界与历史。"我只想回家深躺／像躺在无波的海底／像煤层中躺了千年的莲子／像地底深处躺着的从未受过惊扰的病毒"（《墓志铭》），"你是你自己的护佑者/你是你自己的宝贝/是你自己的久病之蚌/是你自己的蚌中珍珠"(《蚌病成珠》),"同时留下大片空白,终结之后的空旷之地/坚不可摧"(《静物》),"收藏着老英雄坟墓的/明黄的山,石头,线条/一体的陡峭和孤绝的象征/解体成了/一朵朵向日葵的黄色激情火焰"(《美术史》)在组诗《浮世绘》中,诗人更索性借助狼、鼠、青蛙、蚯蚓、大气层、水货等物象,来揽括是非颠倒、理智崩塌的人世,"几个亲过的屁股/撅在敲过的边鼓旁/提醒耻辱"(《蚯蚓》)。面对取之不竭的物象,诗人没有人为地把物象分成三六九等,哪怕再"肮脏"的物象,诸如鼠、蚯蚓等,照样可以担起揭示世界整体的诗意重任。当然,读者的宽厚,时常要靠诗人在内心去伪造,否则诗人就不可能写出"肮脏"的物象。我曾因写出《苍蝇》,惹恼过一些读者。由此,便能体会赵四所强调的强力,对于中国诗人之作用,那真是用来护佑创造的勇气之源。

大致来说,赵四新书中有一大半,都是如下可以用想象之眼"看见"的美妙意象,"盐的指头丢了/盐的胳膊没了/盐的肚子瘪了/盐喘了口气/很小的气泡/吹进暗中一段忧伤/香水在空中翻了个身/落进水里/一丝丝腥咸"(《晦冥时刻》)。我甚至诧异,即使在第四辑"二〇〇五年至二〇〇九年未结集诗录存"中，即可能被诗人归为习作的作品中，仍有像组诗《逐字》这样的成熟之作，成熟于意象与思想的水乳交融，毫无油水分离之嫌，"地面长出眼睛/一条狗走来/陌生凝视陌生"（《洞》）。当然，这一辑还收录了诸如《贝·布托与死亡》《悼亡诗为叶汝琏先生而作》等篇幅较长的诗，不管我们是否把它们称为长诗，都充分展现了赵四早年的野心。这野心似乎在新书主辑中受到了部分克制，只在《珀耳修斯的职业或石头的记忆》等中，有少许流露。读完新书，我得到一个整体印象，即赵四在短诗中充分展现了成熟的诗才，而在篇幅较长的诗中，赵四则充分展现了渊博的才学和丰富的游历。通过《失踪》一诗，诗人还传递出对未知和神秘的敬畏，"被困的水/渗进沙中/不再回归大海/忘却波光粼粼""可怕的是，可怕的是/你如此精于此道！"这种诧异之中的隐秘渴望，是否并不亚于美国女诗人普拉斯的渴望？——"死亡/是一种艺术，像其他一切事物。/我做得很好。"（冯冬译）

29. 新诗中的静态意趣

记得子川开始思考什么是现代诗，并把自己的写作努力全部导入现代诗（之前他还写小说），大约是在2002年下半年。那时我和他正合作把《扬子江诗刊》从一本无足轻重的诗刊，变成一本举足轻重的诗刊。当然，他是主编，将我借调到省作协任编辑部主任，但我们一同改版杂志时，更像是有着共同使命的合作者。他当时（后来也一直）信赖我对诗作的判断，他总是冷不丁拿出刚写的诗作，让我判断它们抵达诗境的程度，说出可能的面向和价值。印象中他诗作的现代趣味，与改版中的《扬子江诗刊》一样，获得了超常的发挥。当时，编辑部人才济济，编辑有梦亦非、沈木槿、苏省，还有常来帮忙的南师才女小小麦子，我想与这些年轻诗人的探讨和交锋，也丰富了子川的现代诗经验，使他对现代诗的叛逆天性有了近距离的体会，难免也在与现代诗的摩肩擦背中，找到了抛弃过去的时机，正如他的诗所说："丢失早期作品/也许不是一件坏事。"（《往事如烟》)我早期写现代诗的经验是，与同行诗人的交往是滋养诗艺的另一块土壤，从中学到的智慧要远远多于书本。我想，子川大抵也看重这种经验，这就可以解释他与南京诗人十多年来的见面或聚会，他都有把谈话变成诗歌探讨的倾向，或者说希望谈话者能跟上他的新思考或新发现。比如，他在肯定当代诗的成就时，也对诗歌文体的损坏心有余悸，于是一些在新诗史上为文体殚精力竭的诗人诗作，自然会被他认真研究，如新月派闻一多重视的音步、节律等。但同时，当代一些诗人对现代诗的看法和努力，比如欧阳江河认为，"现代诗的发展就在于消解形式"，以及口语诗人们的努力，也使得子川在对现代诗文体的嗅觉上，保持了一种精微的平衡，这些在他最新的诗集《虚构的往事》里，都有充分的体现。

读子川的诗会发现，静观和达观成了诗中最有活力的思想，那是一个被现实锁住的人，面对现实的隐秘反抗，酷似古代文人画中的寒林题材。子川的"静"和"达"拥有"寒林"的主要特性：对现实衡量后的疏离感、利于消除是非冲突的虚无感、面对世界的渺小感和无助感。就子川的生活来讲，我认为与他从小城的书香之家（他父亲是书法家），迁移到具有现代粗粝风格的省城有关。他幼时也许并不懂的那些古代形象、文字，早已浸淫于他的血脉，成为影响他写作的神秘之源，使他日后很难找到一个与之抗衡的现代意趣。这样也就可以理解，他为什么恰恰是通过现代诗，让自己的情感和思想伸向了古代，写诗多年后的一天，他突然重拾书法，冬眠似的童年书法技艺，神奇地被唤醒。子川恰恰通过现代诗，找到了它的中国源头。

子川的诗整体上是静态的、孤独的，这样的效果当然是靠节制造成的，但我觉得他个人的性情、思考和家学是最不可或缺的。读当代很多人的诗，我的感觉是看电影，那是和时间流保持一致的诱惑，是对线性阅读的顺从，说到底是害怕被潮流抛弃的恐惧。诗歌如何加强对瞬间时空的扩展，如何摆脱人们对过程的习惯性依赖，恐怕也是诗歌的生存之道。这也是我对目前主要靠时间流来支撑的那些汉诗（包括叙事诗），打不起精神的原因，如果真想借用小说这个叙事的奶嘴，恐怕我们得真正弄清诗歌叙事的意趣究竟在哪里？比如，即使我读弗罗斯特的短诗原作《篱笆》，也能感到诗中的意趣非常之多（这里就不展开，以后我可能会另行撰文或翻译），可是单看各种译作，我们用汉语能感受到的意趣，大概只有"好篱笆隔出好邻居"（杨铁军译）等寥寥几处，更不用说他的《雇工之死》。我的意思是，我们需要加强在汉诗中的意趣再造，我认为这不是个单纯的技术问题，而涉及一个诗人的敏感和觉察能力。我能感到子川近年努力在诗中再造静态的意趣，类似倪瓒文人画透出的意趣，即靠有限景物和留白去传达溢出画面的无穷意味。记得最早是在王家新的组诗《中国画》(1984)中，我欣喜地看到了这种努力，中国画（其实也是中国古诗）的某些意趣，完全可以在现代汉诗中存活下来。

一只乌鸦在飞

树梢，秋天的枝条

画在蓝天背景上，清瘦，萧疏

寂寞。却不乏峥然

风，没有一点颜色

平原。没有山的起伏

也看不见小桥流水

静静地，面对那片黄色的土地

凝视良久

一只乌鸦在飞

那黑色，鲜亮醒目

令视野生动

——《秋原》

　　诗句成了类似倪瓒画中简约的轮廓和皴擦，诗句通过跳跃，空出神秘的留白。诗句和诗节的整体平衡，造成一种惰性般的安谧。第一节和第三节的近景与第二节的远景，宛如靠散点透视组织起来的画面。就抵达静态美的境界来说，这首诗令我想起王家新的《中国画》，可以看作中国画的意趣，试图落户现代诗的一种努力或启发。如果单纯从现代诗的知觉来说，我可能更喜欢《春天的篱笆墙》《雾》《雨篷上的雨声》这三首。比如，用"雾"这个意象来传达男女之间的关系和距离（恕我说出多年读子川诗的心得，他一些诗中的"你"，往往泛指他爱恋的女子），这不只是一种真知灼见，更是准确的暗喻。从天而降的雾，究竟契合了谁的心境？迟到的理由是天的恩赐，还是来自内心的疲乏？这些都没有由《雾》中的"我"挑明，当"你""正努力穿越雾障，走过来。/大方向正确，/行走路线却错误百出。/我知道你是对的。/我还知道，雾也是对的"。面对因赴约而在雾中迷路的女子，诗人说她走的那些错路都是对的，这似乎隐喻了爱情就是一种精力的浪费；或者说没有那些试错的经历，"你"不可能找到"我"，"我"用宽厚的语气表达了在爱情中的自信。但我对最后一行最感兴趣，诗人为什么立刻又说"雾也是对的"？雾除了是一个意象，这里也隐喻着天意，如果天意是要给诗人与女子的相见设置迷障，那么这背后一定有更深的寓意，高明的诗人当然不会点破。戛然而止的诗句，因答案悬置，而变得意味无穷。

我认为风格的形式是子川近年的主要成果，他找到和确立了与他人格性情一致的风格，从而解决了他今后写作的方向性问题，即他探索的余地将由风格决定。歌德两百年前就提示，个人风格的确立是作家成熟的标志。当然，风格也会像一只笼子，为诗人的创造划出边界，这也可以理解歌德一生为何要用几十种风格写作。何言宏最近指认《寻找》可以代表子川，我注意到唐晓渡在书评中也提到过《寻找》，但我还是无法确知《寻找》是否能担起代表作的重任？大概这也是我对子川今后写作最为热诚的期待。

30. 回忆是最好的日子

与众不同的诗人，在南京的女性人群中，似乎比在男性人群中要少得多。我大约只能解释为，在十分宜居的南京，女性更愿意"沉睡"在生活的温柔乡里，与写诗要撕裂自我相比，她们更愿意用禅宗、雅趣等缝合自我。代薇是我印象中，南京第一个不宽恕自我的女诗人，她是诗中那些激烈情感的受难者，也是施难者，情感成为自我悖论的延续。当我读到王宣淇的一些诗，比如"我这样的/一个破碎的人呐/拥抱自己也扎出血迹"（《我》），"拥抱自己/是旧时的囚犯/走到哪里都是流放/相互拥抱/锁咔嚓合上/钥匙不知搁在何处"（《拥抱》），"而我们的心每天都在漏气/干瘪成皮"（《每天都在漏气》），等等。我意识到，王宣淇也把自己摆进了这样的自我谱系，只是她的诗是一把更为冷峻的刀子，悄无声息地刺向自己。这样的诗与她的生活吻合吗？乍看她的生活，并没有超出常见知识女性的疆域，家庭主宰，佛教徒，古琴、太极拳、古典油画爱好者等，这些缝合自

263

我的努力，当然与相夫教子的责任有关，但她还有两项偏离上述情趣的爱好引起我的注意——她是定期暴走的机车手，现代戏剧的信徒。这等于发现了她写现代诗的种子，没有什么比现代诗更能容下自我的伤口，机车手的心灵里，当然藏着冲破一切规矩的酒神冲动，那些建立在相夫教子责任之上的情趣，又隐着想克服内心迷失、混乱的克制（太阳神的克制冲动），这就把她的自我变成了战场。现代戏剧不过是她在找到现代诗之前，可以瞥见自我的一个舞台。

诗坛上并不少见"妄自尊大"的诗人，他们一般并无王宣淇这样的自我二元困扰，他们用内心讲话时，对立面不会来自自己，他们"梦见"的对手，都是他人。但王宣淇必须去理睬内心的两种声音，当她用"我""你""他"来划分诗集《午后》的诗作时，无疑是在分辨自我，让读者感受到她的摇摆不定，"我们或许是那麦田/从新生、成熟到变成秸秆//向着某处，保持摇摆"（《我们……》），"遇到舞台，就盼望它落幕//遇到男人/（任何能引起情感联系的男人）/则用来悔悟"（《女到中年》）。人深陷悖论的无助，它赐予诗人自我怀疑的调性，任何确定无疑的声音，只要被悖论烧灼，都会轻飘得像强词夺理的宣言，"用写你的文字盖屋/夜晚/就拆了//重读的时候/保证只爱自己"（《写你》），"对抗是你/求助的也是/像平民得到贵族的家具/抚摸古典的雕漆//心里凸凹不平"（《我在偏屋写作》），"离开你（其实从未拥有）/就永远在走向你//沥去所有的情/留你做最后的枯枝"（《我与你》）。这些诗句表明，迷失不是无知，恰恰是清醒的眩晕——不忍选择。我记得佩索阿写过类似的"不忍选择"，"有时候，我认为我永远不会离开道拉多雷斯大街了"，"我希望能够远走，逃离我的所知，逃离我的所有"，"不幸的是，我在这些事情上从来都事与愿违"（佩索阿《惶然录》，韩少功译）。王宣淇也把无从选择的忧伤留给自己："心，冰裂成瓷//滚滚向前的明天/靠空想/靠失眠"（《夜晚》）。

不能选择未来，必然就会重新认识过去。过去不只是已经过去的梦，它还是让现在无足轻重的压舱石。你可以说这是蔑视困境的策略，甚至阿Q干过的事，但《午后》中的诗作，并没有指向类似的玩世、解脱或居高临下，诗作中令人难忘的，是诗人现在的虚无、虚弱和精疲力竭。"没有/是今天的诗和爱情"（《湖上的风太大》），"赶走草地上的鸟//它们的目光里/人类的爱难以下咽"（《爱》），"鲜美的身体/已挥霍成皱纹//阳光还没来"（《很久》）。这样的困境，必然赋予过去以难忘的生动，哪怕当初经历时，好感未曾超出现在经历的事，甚至未曾有过更多理睬、留意，可是诗人现在对过去的全神贯注，令过去一些不经意的时刻变得重要起来，响亮起来，"一生回滞到某一刻"（《夏夜》），"多年前的操场上/男生把球踢得飞出去/很远//至今下落不明"（《陌生的荷尔蒙》），"曾逃学/在录像厅里看《仙鹤神针》/一屋子的抽烟/缭绕成仙"（《洞穴》），"你轻轻推了下我说/'下雪了'/我们半醒着看窗外茫茫//多年以后，你发现/最好的日子就是这样"（《最好的日子》）。可以看出，是当下的困境重新定义了过去，包括什么是最好的日子。我记得意大利诗人蒙塔莱，也重新定义过最好的时光，不过他对当下的认识要更为深刻，"我的年月尚未逝去：/最美好的时光/在困顿凄凉夕阳的围墙"（蒙塔莱《灿烂的正午》，吕同六译），他把未来视为改变当下感受的活水，因为"——愉悦自在于期望"（《灿烂的正午》），这样当下的困顿就成了最好的时光。王宣淇是用过去减轻现在的分量，蒙塔莱是用未来加重现在的分量，更改历史的逻辑相似，结果迥异。不过王宣淇对自身的道德认识，"就像我的善/总和罪恶在一起"（王宣淇《不良教育》），不管它来自何处，它正好与现代诗的悖论本性取得了一致，当形式找回了道德依据，形式也就获得了迷离、鲜活的人性。

31. 悲伤也是不确定的

横槊的诗令我感兴趣，不是因它无可挑剔，而是我从中看到了融会贯通的审美，对于一个"00后"，可谓包容得早熟。一些前辈诗人曾用"现代性"避开的古典的东方意象，又回到了新一代的笔下，却彼此融洽，恍若"现代性"一直藏于古典的东方意象中。究其原因，"现代性"于"00后"，不是与身体脱节，需要靠领悟学习的一个词，它就是身体感受的常态。当横槊说，"听着那残骸上/生出野菊的赞歌"（《秋》），"泪很廉价/为你哭的/成了水洼"（《泪》），"为什么我不能成为一位盲人/——眼前是无尽黑暗/内心是无尽光明"（《黑夜》），"在睡觉之前/许下一个渺小的愿望：/今天晚上/我会突然死亡"（《渺小之愿》），谁也没有理由说，"00后"的内心折磨会比我辈少。我恍若重新遭遇顾城《一代人》和食指《相信未来》中，对下一刻信任的力量。于朦胧诗人，那力量来自对人性纠正的信念，但于横槊，那力量来自对命运的重新理解，不管它是残骸滋养的花朵，或泪水哭成的风景，或盲人心中的安然，还是突然离世的念头，它们都构成下一刻的"风景"，而让此刻的年轻人期待，甚至焦急。

下一刻让横槊对"此刻"的态度，与前辈诗人也有所不同。没有了必须渡过的"煎熬"，而是被一些事物"照耀"得无聊，甚至无关紧要。"他们也没什么特别/只不过闪耀在我的世界/我会在孤单时/抬头看向他们而已"（《风起》），"他们"是指星辰，暗示重要的不是亮度，而是超凡脱俗。"夏日的蝉鸣/停在前几天/好像也/吵不过如今/教室里的扇片"（《初至新室有感》），蝉鸣也因为不能超凡脱俗，而沦为横槊眼中与扇片噪声比烂的不堪事物。所以，当横槊喊出，"远方除了遥远一切皆无/现在的我除了远方一切皆无""道旁任意一座高山皆是我的坟墓/墓志铭是嶙峋怪石与伸向远方的树/'远方的幸福是多少痛苦'"（《远方》），由"现代性"带来的内心冲撞才达极致。他的诗中存有不少古典是非、正义等，这是他的诗尚未完全消化的部分，以显眼的稚拙试图成为诗中的箴言。这让我想起，我曾在匈牙利国家博物馆目睹的一幕：在挂满现代绘画的墙面，不时喷印着裴多菲的诗。我当时就想，那些诗中的是非、箴言与现代绘画相称吗？直到我去书店，买到匈牙利文的裴多菲诗集留念，才想通此问题。古典是非，会永远成为后续时代内心是非的"原型"，每个时代重新"证明"的方式，有所不同或截然不同而已。

当横槊说，"淹死的人善水/高台小丑愚弄是非"（《善水》），"那阳光散得稀碎/竟把人间照出亮芒"（《镜子与太阳》），"你走之后/心中再无一片绿洲"（《落泪》），"明天它/还会照常升起/也仍闪着光芒/但却是秋凉"（《湖畔》），"只想要一只小舟/驱我驶向 驶向/永不回头的流放"（《流放 永不回头》），不管他的感受是否来自古典"悲秋"，或"直挂云帆济沧海"，或海子等的暗示，皆与他的年龄吻合，年龄会赋予他义无反顾的断然，这是他诗中的显眼之处。包括对死亡意象的不畏惧，他甚至把"拥抱死亡"，视为凡人能获得的神的乐趣。他把自己推向一个代言人的位置，替自己的时代言出伤痛，于我辈而言，已够古典。即使更为巧妙的言说里，仍有着海子诗歌的回响，"远方除了遥远一切皆无/现在的我除了远方一切皆无"（《远方》），"直到大地空空如也/可黑夜并无分别"（《黑夜并无分别》），但体现出了现代诗的基本教养，即对已有生活的严苛审视，幸福是需要洞察方能窥见的事物。所以，当他写出"回忆是一杯老酒酿""所以我不说我哭了一场/仅仅 感慨着佳酿"（《佳酿》），"一万年前的飞鸟是云/云是一万年后的飞鸟"（《飞鸟与云》），我为他感到一丝欣慰，因为他已将诗置于人性的秘密中，且正在穿过类似夏宇的领地，"把你的影子加点盐/腌起来/风干//老的时候/下酒"（夏宇《甜蜜的仇恨》）。

人的反复无常，是摆在现代诗面前的难题，此难题容纳了无数不确定的命运，对此刻的不安，对言之凿凿的怀疑，对辩白的厌倦，对孤独的亲近，等等。我以为，横槊以他年轻的断然、早熟，若即若离又精疲力竭，触及了这一难题，并试图赋予它迷人的意象。

32. 诗是文明的最高体现

　　诗一直给人一个著名的印象：它一无用处。而一些诗人为了不让它寂灭，更是千方百计证明它的无用，以彰显它非功利的高贵。这样，诗歌就被囚禁在那类清高的事物里，仿佛只被作为精神的瞻仰品，是它十分荣耀的无用之用。这是一种流传甚广的误解，来自对人类生活感受的迟钝和无知。诗歌从它诞生之日起，就是有用的，否则就难以解释原始部落里，人人都会写诗，诗歌在那里充当的角色，大致相当于今天的储存器，诗歌因朗朗上口而易于记忆。早期诗歌的其他用途，以及后来由此衍生出的诸多用途，比如，人对自身情绪、情感的审美化需要，通过特殊表达达成的精神治疗，等等。我只打算在这里，谈点诗对于文明的用途，以看清一些诗人基于诗歌的个人说辞或理由。

　　只要运用得当，诗歌确实能帮人更好地度过人生，但诗歌的这种基因安排，在当代有时竟演绎成了酒肉宴乐、博取声名、沉溺享受的一道法门。这样的安排之所以有吸引力，还在于它符合古代诗人的传统形象。只是我们忘了古代诗教，曾专择读书人幼年时就已完成，社会纳贤或科举更是被置于诗歌的控制之下。通过这样的诗教设计，诗歌对于文明的公共用途，从个人的小世界被分离出来，成为古代读书人步入仕途的伴随意识。诗歌中当然有智慧，但这不是诗教的主要企图，诗教是让人知道是非、善恶、荣耻，知道现实永不会是理想的模样，以及自己面对这种文明时所扮演的角色。换言之，诗歌在基因的安排上，一直有纠正或拯救文明的用途。我们在接受古代诗人的享乐形象时，不要忘了诗教留在他们身上的烙印：他们要么是冒死进谏的勇士，要么是文明纠偏意识的播种者。屈原、杜甫、陆游等，能帮我们看清诗歌的这个向度。英国学者埃德蒙森在《文学对抗哲学》一书中，认为诗歌多次拯救了人类文明。这是事实，诗不只是印在纸上的文字，还是人美化情感和提升伦理的最高需要，如同我们穿最好的衣服，喜欢彬彬有礼的人那种需要。人置身于这种美的最高体验，必然会"发现"已有文明的不堪，比如"朱门酒肉臭，路有冻死骨"的非平等，促使陶渊明去另寻桃花源的黑暗。莫尔写出《乌托邦》，不能说与他受的诗教无关，当时英国诗教对诗歌公共用途的认识，与中国"诗言志"的传统几乎一致。没有《乌托邦》，很难想象西方会对私有市场经济提出公有纠偏——建立现代福利制度。

早期诗歌帮助人记忆的用途，慢慢演化成两个向度：一是要给人留下难以磨灭的印象，这引发了诗人把熟稔事物陌生化的愿望；二是保存对文明最重要的意识，数千年文明留下的意识太多，太多可以只留在长篇大论的书里，但诗歌因易于长久流传，它便全神贯注于保存矫正文明的意识——比较、怀疑和理想的意识，使得诗人与文明总有一定的间离感，这成为对文明纠偏的源泉，也是"诗言志"的缘起。如果当代诗人看不到诗歌的这种点拨，只把诗歌理解为个人的审美和生活享乐，那诗人只不过是穿着盛装的荒芜者，于文明无益，最终也于个人无益。

33. 新诗也是文明之钙

　　如果了解到方明汉语赖以生长的早期环境是越南，他最初学诗的机缘，来自洛夫在越南大学的讲座，再看他诗集《然后》中的获奖诗作《青楼》，谁都会认为，这是他汉语长成的惊人奇迹。要将一个生于域外的华人的汉语，提升至无与伦比的水平，可能除了天赋，也需要一些吉星照耀。我自 2011 年与方明在台北相识以来，可以说渐渐发现了有哪些吉星。吉星当然包括台湾一些了不起的前辈诗人，洛夫、余光中、杨牧、罗门等。因诗集《然后》或报刊中，可以找到方明的回忆文字，他以谦虚知礼的诚恳揭示了他与上述诗人的交往史，我就不在此累述。

　　可能他有在法求学和工作的经历，抑或他自域外移居域内后，对台湾携带的民国文化风范，比本地人更为敏感，他显然将其精髓吸收成了个人文明，他的儒雅、谦逊、循礼、温良等，令我耳目一新。傲慢者在我的环境里比比皆是，唯文明者寥若晨星。当美国诗人勃莱用一本《铁人约翰》，痛惜文明社会正让男人失去男子气，我却痛惜我的环境因过多傲慢者的"男子气"，正让人丢失个人文明。也许我该写一本相反的书，给我的环境补充文明之钙。我想，文明无非是一种自由意志，能让人不时超越身体的需要，使人不致一直被身体奴役。譬如，语言的日常工具性，就来自身体寻求交流便利的需要。但诗歌语言的暗示和多义，恰是对身体要求便利的超越，诗人的自由意志努力将诗的语言，引向一个乍看无用的世界。此"无用"也只是日常之见，"无用"的未来之用，并非日常功用可以预见，这便是语言带给文明发展的利器。所以，当一些诗人一味地逐新，以此构建未来文明的语言和诗意时，方明却留意到，文明不是几个孤立的时代，不同时代确实销毁了一些时代痕迹，但不同时代留在语言中的寓意和象征等并未消失，如果碰到有心人，确实可以令其在现代诗中复活，变得有用。博尔赫斯把写作视为去古代发现自己的先驱，这实在需要一双发现之眼。方明的诗歌之眼没有因为现代诗，就错过了对古代的发现，这是令人欣慰的。如果他的努力成功，就意味着现代诗的来源可以变得更古老，也意味着旧诗与新诗其实藕断丝连。两者究竟如何"藕断丝连"？我在 2021 年出版的《意象的帝国：诗的写作课》中，已作了阐释。我想，方明信从"藕断丝连"的契机和动力，与他的个人文明密不可分。

他身上的个人文明，常暖得我觉得不虚赴台之行，让我探到一颗东西古今融合的宽容之心，以助我抵御种种蛮横。难怪他于70年代写诗伊始，就写出了属于他的代表作《青楼》。此诗本值得整首引用，但囿于篇幅，只得割爱引用第一节和最后三节。

你跫重的步履踏响我闺房的寂寥，狰狞的月剥落我澹薄的粉脸，那轻佻的身影终只卧成生冷的挑逗
客官你样蛇贪婪着剩下的羞涩，而一把散发终掩不住窗外之光华，遂有碎落之银色照亮你清癯的轮廓
⋯⋯⋯⋯⋯

君且聆听一阙筝，旋起的霓裳媚动栖息的星辰，我遂挥落满天的灿然，颗颗笙歌滴落一盘昭君怨

客官你久违的青衫曾涉足大都江南，那将须的呓语竟成首首绝句，想你必曾擢第帝旁醉罢飞笔

276

贬谪的儒生就醮一杯影，你我共濯落魄之衰颜，莫话明朝骊歌袅袅的凄清

我摘录此诗时，竟有数个汉字超出输入法的字库，我费尽周折，才让它们"登堂"入文。字的生僻，一则说明方明的古典修养，正如叶维廉所说"古文功力如斯深厚"，二则说明方明为自己奉献的现代诗，找到了新的陌生化方法，即让现代诗不常用的古典修辞闯入，造成现代诗境与古典修辞的错搭，从而创造出新的意味，也如叶维廉对方明诗的总结——他把古文"转用在现代诗写作上，形成十分独创的风格"。《青楼》一诗的内容不算古怪，被贬儒生与韶华已逝的青楼女子，共度相互取暖的落魄之夜，植入的悲观和无常情绪是现代的，但方明以古典词语捕捉之，赋予它们古典的登场程式。比如，"颗颗笙歌滴落一盘昭君怨"，借昭君典故摹写儒生与女子"我"的交往史，不只节省笔墨，更让现代社会常见的无常，可以惊见自己的古代"先驱"，原来典故中早有"现代性"可供当代人之用。我还对方明的古典修辞，造成的神奇夸张而兴趣盎然。现代诗进化至今，若谁还敢用雪莱式的夸张浪漫写诗，他大概会被嗤笑的唾沫星淹死。方明给现代诗打上的古典修辞烙印，却有

神奇之效，一旦给夸张浪漫穿上古典修辞的外衣，它们竟不惹人反感，倒有耳目一新之面目。我以为，夸张浪漫的陌生感，还得益于方明懂得如何给它们穿上"古典之衣"，这自然涉及方明受到的现代诗训练。

方明受到蓝星诗社影响的敏感期，恰好是 70 年代，那时他作为蓝星诗社的年轻同仁，必感受到余光中等前辈的诗歌转向。促使蓝星由西向东转的基因，早就藏在他们继承的新月派信念中，只是蓝星的这一转向，创造出令后来者都熟悉的东西融合模式，比如，余光中的东西融合模式等。鉴于东西融合不只是信念，也是汉诗在发展中的宿命，这一转向的重要性，自然也会被蓝星之外的诗人再次发现。比如，只需看洛夫在 70 年代两首诗的诗题——《床头明月光》《长恨歌》，便可知其现代诗中的东方意识已经苏醒。虽然方明与洛夫的频繁交往，迟至 90 年代末才开启。我以为，洛夫的越南讲座之后，方明不可能不关注洛夫的诗歌转向，加上蓝星早已把转向信念，植于方明学徒期的思维中，这些影响的多重叠加，必会使他写作伊始，就把东西融合视为己任。难得的是，他接受蓝星和洛夫的东西模式"训练"后，却贡献出了东西融合的新模式。

诗集《然后》中除了《青楼》，那一时期的诗作

《中秋》《古道》《书生》《深宫》等，皆可见到古典在现代诗中的璀璨投影。比如，《古道》中写道："残照是不太亮的太阳/枯木是不缀叶的树/瘦马是不餐西风的/而长眠古道有/算不算古人。"他尝试着把古代意象"古道""瘦马""枯木""西风"等，与现代诗的词法结合起来。重新命名或定义，是现代诗的重要词法之一，这会让诗中的词语，越出由来已久的字典定义，产生索绪尔所说的额外所指，这些额外所指恰是现代诗要探索的崭新领地。当诗人说"枯木是不缀叶的树"，应是把生命又还给了枯木，使其成为树之一种，即没有叶子的树。宋代黄庭坚的诗，常把枯木视为无心之物，他的诗说"枯木已无心""枯木无心岂能春"等。虽然古时也有"枯木逢春犹再发"之语，但方明视枯木为树之一种，与古人截然有别。古人眼中的枯木无心或逢春再发，皆为自然现象，方明把枯木重新定义为树，是一种心象，实则是现代诗追求的隐喻。"瘦马是不餐西风的"，是对马致远"古道西风瘦马"的反动，也成为他自身精神的隐喻。比如，"瘦马"会让我想起元人龚开画的《骏骨图》，瘦骨嶙峋仍存骨气的瘦马，不只是元初汉族士人的自况，似乎也是对蒙古人西来之风的精神抵御，宁可"不餐"元代仕途之俸禄。方明用现代诗来与之暗合，实则揭示了他对主流的精神姿态。与他把"枯木"视为自况，心无奢求，自枯成树，如出一辙。

诗集《然后》中的多数诗作写于新世纪，可以看出诗作变化的意图。方明减弱了早年古典修辞的生僻性，让诗开启适度的实验性。后期的代表作《然后》，最能体现这一意图，此诗打破了诗人过去对完整性的追求。我摘录两节，以便说明：

> 灯光薄凉的朗诵会之然后
>
> 诗集发表伎俩麇集的仍只有诗人之然后
>
> 研讨会戏码辩尽各派学理探究剖切之然后
>
> 所有自认不朽的灵魂喃喃独白之然后
>
>
> 诗人们相互鼓噪吹捧之然后
>
> 或在一小撮纯稚的粉丝前筑搭舞台
>
> 傲慢膨胀口沫横飞之然后
>
> 纵使精心吐纳的长诗妄争黄河长城悠远之然后

福斯特认为，"然后"是推动小说发展的人性动力，人对"然后"的在乎，不只成全了文学内的故事，也成全了生活中口口相传的故事。但方明从《然后》第一行开始，就废除了读者对"然后"期待的内容，使"然后"成为一个个悬念的按钮。诗句的非完整性，不仅没有平息读者对"然后"的期待，反倒激起更深的渴望，读者因之得靠想象予以补救或填充，歧义便蜂拥而出。这是《然后》一诗颇为实验或后现代之处，直至全诗结束，诗人只提供了"然后"之前的内容，而把"然后"之后的内容，悉数交给了读者。这一做法，令我想起南宋马远等人画作中的留白，也一样需要与读者合作，但不同处也十分明显，读者皆能想象出留白处本应画什么，而读《然后》的读者，对"然后"之后内容的想象，因人而异，不会有"应是什么"的统一答案。我以为，单靠"然后"提供的强大陌生感和多义，此诗就难以穷尽。能选择"然后"，说明了诗人的慧眼，"然后"在解决诗该"怎么写"后，也极大降低了对之前内容的要求，诗人因此获得了"写什么"的彻底自由。可以说，不管诗人在"然后"之前写什么，"然后"都能保证此诗成功。单从上引两节已可看出，方明将"之前内容"，用来书写他对诗坛丑态的描述，有横眉冷对、嘲讽傲慢等，言外之意，多数诗人已用功名心替换了诗心。我以为，方明的愤世嫉俗也适用于世界其他地方，因为现代意识本就是充满杂念的意识。

客观上讲，方明很幸运，他在写作早期和后期，均写出让人认同的代表作，比起不少只闻其名不知其作的诗人，上天似乎没有忘记奖励方明的个人文明，给了他更多穿越时代之墙的机缘。

34. 诗的观念屏障

　　我早年写诗遇到的第一大障碍，就是观念的屏障。这个屏障你看不见、摸不着，你置身其中还洋洋自得，因为观念这个东西，概括力很强，当你浸染在某种观念中，它让你看见的、感觉到的，都是这个观念许可的，这个时候观念决定了你怎么想、怎么感觉、怎么观察，其他东西你其实是看不到的，你是睁眼瞎，观念成了你视而不见的白内障，你甚至看不见自己的时代，只能看见古代。就像眼里只有唐诗的人，你让他写诗，一定写得很像唐诗，但与他自己的时代毫无关系。我有个眼里只有民国诗的学生，他写诗，模仿民国诗惟妙惟肖，但与他的生活、时代一点也不沾边。比如，我当时想写现代诗，可是我持有的观念属于西方的浪漫主义，两者完全不匹配，浪漫主义让我看不到现代诗关心的风景风物。比如，我喜欢狂飙突进运动时期的歌德，后来的海涅、拜伦、雪莱，甚至学狂飙突进最像的郭沫若，他的诗作《女神》等。他们作品里的那种酒神精神震撼了我，比如，雪莱说大西洋为了给西风让路，把自己向两边劈来。太有气魄了，特别能唬住当时还是理工男的我。这种主观上倾向夸张的表达，与农耕时代很契合，那时人们信任乌托邦、信任个人英雄主义、信任情感至上，哪怕直抒胸臆，主观表达再夸张，读者也不会觉得有违和感。可是到了我们的时代，社会变迁十分激烈，人与人、人与社会、人与自己的关系，变得复杂，人性矛盾和幽暗的一面被激发，这时你再让人们去信任浪漫主义，就太困难了。比如，你仍然可以秉持感情至上的观念，你甚至还可以这样去书写，问题是，人们会觉得你矫情，你仍然可以谈乌托邦，谈英雄主义，但人们会觉得你说的都是鸡汤。没有办法，我们的时代让大量杂念涌入了原本纯真的领地，我们开始用理智、世故的眼光，重新审视我们的里里外外。这样一来，我们就养成了权衡的思维，有了左右摇摆，有了不可解的困境。这些问题，恰恰是写现代诗的起点。所以，我当时秉持的浪漫主义观念，完全脱离了我们的时代，不过也提前给了我一种启示，那就是万事万物，都可以通过主观畅想，来改变你看它们的眼睛，能让你拥有新眼光。这恰恰是浪漫主义与现代主义的相通之处。难怪现代主义也被人称为新浪漫主义，只是现代诗的观念中，已有了压制过度的理性克制和智力权衡，添加了所谓的日神精神，来平衡人的酒神倾向。但当时，要凭我一己之力，去跨越这道观念屏障，几乎是不可能的，也确实需要一个跨越的时机。

这个时机来得也恰逢其时，1983年我很及时地生病了，并回到家乡黄州休学一年。挫折是改变观念的时机，挫折就是我的一本教科书，我从中学到了不争乃争的古代智慧，获得了人只有在溃败时才有的大彻大悟。我很早就有了一个衰老的灵魂。因为人挫败时，才会质疑头顶的那个观念，比如爱情至上真能实现吗？你明明失恋了，怎么会再相信呢？挫折会让你认为，一定有什么地方出了错，我越审视那些乍看没毛病的事物，就越成为一个怀疑论者，开始怀疑过去未曾怀疑的一切，比如，理想会不会就是督促你往前走的自我许诺？现在到了你不相信自己还能承诺的时刻，也就到了写现代诗的关口，这样就逃出了旧观念给我圈出的领地。你原来待在旧的领地很舒服，周遭一切都可以用旧观念和诗歌材料去证实，现在不一样了，你的挫败成了证伪的证据。理想已逝，新的出路又在哪里呢？为了走出精神困境，我去小镇图书馆借书看，偶然借到一本舒婷和顾城的诗选。大概已经经历过浪漫主义的洗礼，我没有对舒婷的诗产生多大兴趣，但顾城的诗一下击中了我，因为顾城诗里有太多的未解之谜，有对人的怀疑，还有对细小事物的关注，这让我一下就跨越了人道主义，让我对自然及万事万物有了新的眼光。顾城的诗里其实浸染着惠特曼的眼光，万事万物，都可以平起平坐——这成为我诗歌的出发地。

35. 爱捉弄人的诗意

　　好的诗人都怕失去纯粹，实际上，这是诗人自认维护独创的手段和态度。诗人越是把兴奋点局限在个人视野，写诗就越像是个人操持的巫术，一种自己演给自己看的仪式，诗人乐于从中获得尊严和庄重。问题是，诗歌赖以生发的想象力，并非可以凭空产生的幽灵，它来自书中那体面的历史、神话，成千上万的传说和人物等，或者就如荣格所说，它的源头甚至可以延伸到民族文化笼罩的集体无意识里。由于来源的疆域广大、边界漫长，诗人要想把自己与时代隔开还真不容易。这就好比一个诗人坐着汽车周游世界，但他自始至终只看车内，拒绝朝车窗外瞥一眼。强调纯粹的人，可能会举荷尔德林为例，把他诗歌中的古希腊特质，看作拒绝时代社会的范例。但这种乍看纯粹的选择，其实隐着与时代社会更多的纠缠。荷尔德林诗中的希腊陈述，其指向与德国当时的专制现状不无关系，情形犹似顾准当年研究古希腊的城邦制度。由于诗歌有着它自身的要求，比如，如果诗歌只向哲学看齐，那么它就难以传之久远，因为人类对思想的态度有点玩世不恭、喜新厌旧。聪明的诗人不会让心血之作冒这种风险，成为人类前进时将要扫除的思想路障。诗的长寿在于它生动的表现，在于它哪怕介绍一种错误的思想，都能让我们摆脱思想的乏味，受到新鲜之美的诱惑。于是，诗人不能不到过去和现在，寻找各种形象的踪迹。歌德在远离他时代的古代，找到了体现他时代困惑的形象——浮士德。这样的例子不胜枚举，过去虽然落幕了，但诗歌与之交流产生的生动意象，却在以后各个时代以各自擅长的方式继续发光、共鸣，甚至一种已经寂灭的文学手法，都有可能因为当代的重新理解，得到复活。比如，庞德对中国古诗的热情翻译，导致中国古诗中的意象手法，成为现代诗的基础。所以，诗人不可避免地要像一个好的听众，聆听历史和当代的各种声音，哪怕是回声或噪声。谁能说策兰的那首伟大的诗篇《死亡赋格》，不是得益于纳粹的噪声环境呢（诗家之"民族不幸，文学大幸"）？当然，只有从个人趣味出发理解的时代，才能给诗歌带来全新的色彩，才能完成诗歌要求语言提供的崭新可能。这时，任何以政治、社会或伦理的理由，企图要求诗歌担负起共同的责任，都会把诗歌的疆域和力量弄得很小，以致被它的时代完全挟持或囚禁，无法走进下一个时代。所以，能在每个时代沸腾的诗意，它不受某个特定时代和社会的管制，置身其中的我们，要学会在它无垠的领地上聆听、呼吸、漫步……

图书在版编目（CIP）数据

爱越界的酒神：现代诗漫谈 / 黄梵著. -- 南京 ：
南京大学出版社，2025.7. -- ISBN 978 - 7 - 305 - 28852 - 4

Ⅰ. I207. 22

中国国家版本馆 CIP 数据核字第 2025ER6088 号

出版发行　南京大学出版社
社　　址　南京市汉口路 22 号　　邮　编　210093

书　　名　**爱越界的酒神：现代诗漫谈**
　　　　　AI YUEJIE DE JIUSHEN：XIANDAISHI MANTAN

著　　者　黄　梵
责任编辑　谭　天

照　　排　南京南琳图文制作有限公司
印　　刷　南京爱德印刷有限公司
开　　本　787 mm×1092 mm　1/32 开　印张 9.5　字数 168 千
版　　次　2025 年 7 月第 1 版
印　　次　2025 年 7 月第 1 次印刷
ISBN 978 - 7 - 305 - 28852 - 4
定　　价　58.00 元

网　　址　http://www.njupco.com
官方微博　http://weibo.com/njupco
官方微信　njupress
销售咨询　(025) 83594756